Paris, le 14 février 1995,
mardi.

D0830338

Henry de Montherlant

de l'Académie française

La Reine morte

DRAME EN TROIS ACTES

*Texte corrigé par l'auteur
avec les coupures possibles
pour la représentation*

Gallimard

LA REINE MORTE

Dans le texte Comment fut écrite « La Reine morte »,
*placé ici à la suite de la pièce, on rappelle les circonstances
dans lesquelles cette œuvre fut écrite et créée.*

BIBLIOGRAPHIE
ET DISCOGRAPHIE

1. LA REINE MORTE. 1942. Paris. *Henri Lefebvre*. Drame en trois actes, illustré de dix eaux-fortes par Michel Ciry. 1 chiffon à la forme avec suite de gravures; 20 velin d'Arches avec suite de gravures; 250 vélin d'Arches (édition originale).

2. LA REINE MORTE. 1942. Paris. *Gallimard*. LA REINE MORTE OU COMMENT ON TUE LES FEMMES, drame en trois actes, suivi de RÉGNER APRÈS SA MORT, drame de Luis Velez de Guevara. 8 Japon impérial, 13 vélin de Hollande, 36 vélin pur fil Navarre, 1050 héliona Navarre, reliés d'après la maquette de Paul Bonet, 1000 héliona Navarre, reliés d'après la maquette de Paul Bonet (tirés en 1944). Et le tirage ordinaire.

3. LA REINE MORTE. 1943. Bruxelles. *Vanderschueren*. 6600 ex. ordinaires.

4. LA REINE MORTE. 1943. Genève. *Gallimard-Kundig*. 87e édition. 3000 ex. ordinaires.

5. LA REINE MORTE, s. d. (1945). Illustrations de V. Stuyvaert. Aux dépens d'un groupe de bibliophiles. 1 vergé blanc Montval, contenant un dessin original, une suite en bistre et une suite en couleur; 6 vélin de Rives avec un dessin original, une suite en bistre et une suite en couleur; 15 vélin de Rives, avec une suite en bistre et une suite en couleur; 50 vélin Lana avec une suite en couleur; 527 vélin Lana.

6. LA REINE MORTE. 1947. Paris. *Gallimard*. Texte corrigé par l'auteur, avec les coupures possibles pour la

représentation. 1 040 alfa Navarre, dont 50 H.C., reliés d'après la maquette de Paul Bonet. Et le tirage ordinaire.

7. LA REINE MORTE. 1948. Paris. *Gallimard.* Tirage ordinaire. Pour la première fois, dans le tirage ordinaire, cette édition ne comporte plus le drame de Guevara.

8. LA REINE MORTE. 1949. Paris. *Presses de la Cité.* Gravures de Decaris, 12 vélin pour chiffon Lana, avec un dessin original, un cuivre, une suite en premier état sur vélin teinté, et une suite à l'état définitif, sur Malacca ; 38 vélin pur chiffon Lana, avec une suite en premier état sur vélin teinté, et une suite à l'état définitif sur Malacca ; 200 vélin pour chiffon Lana.

9. LA REINE MORTE. 1950. Paris et Neuchâtel. *Ides et Calendes.* Théâtre complet de Montherlant. Frontispice de Théodore Stravinsky. 20 Hollande van Gelder Zonen, 40 chiffon luxe, 3 500 vergé ivoire, 6 Hollande van Gelder Zonen H.C., 10 chiffon luxe H.C., 30 vergé ivoire H.C.

10. LA REINE MORTE. 1950. Paris. *Paris-Théâtre* (ensemble avec LE MAÎTRE DE SANTIAGO).

11. LA REINE MORTE. 1951. Paris. *Gallimard.* Collection Pourpre. Texte comportant de nouvelles corrections et les coupures pratiquées à la Comédie-Française. Introduction de H.-R. Lenormand.

12. LA REINE MORTE. 1954. Paris. *Gallimard.* Bibliothèque de la Pléiade.

13. LA REINE MORTE. 1957. Paris. *Club du Meilleur Livre.* Texte comportant des appendices de l'auteur.

14. LA REINE MORTE. 1957. Paris. *Gallimard.* « Le Livre de poche. » Texte comportant les corrections, les coupures et l'introduction de la collection Pourpre.

15. LA REINE MORTE. 1957. Paris. *Pathé-Marconi.* Trois disques microsillon (texte intégral avec la distribution de la création). Collection de la Comédie-Française.

16. LA REINE MORTE. 1958. Stuttgart. *Klett.* Édition scolaire (texte français).

17. LA REINE MORTE. 1965. Paris. *Gallimard,* « Le livre de poche universitaire ». Présentation et notes de Maurice Bruézière.

18. LA REINE MORTE. 1965. Paris. *Éditions Lidis*. Collection « Œuvre théâtrale de Montherlant ». Illustrations d'Aizpiri.

La pièce a été projetée à la Télévision française en 1961. Réalisation de Roger Iglésis.

A JEAN-LOUIS VAUDOYER

Administrateur général de la Comédie-Française

Mon cher ami,

Mes ouvrages sortent toujours d'une nécessité intérieure, plus ou moins profonde. Pour la première fois de ma vie, un sujet m'a été proposé en tant que sujet : l'auteur de *la Reine évanouie* m'a tendu le sujet de *la Reine morte*. Au lieu de prendre, à ma mode, ce que j'ai choisi de prendre, j'ai pris ce qu'on m'offrait : j'en suis encore étonné. Avec une sorte de divination, vous aviez piqué sur une matière qui m'était convenable : je n'avais qu'à la laisser reposer sur mon cœur, pour qu'elle y germât. Divination ? Plutôt la même vertu du jugement qui vous dictait, il y a vingt années, cet article où vous sépariez, dans *le Songe*, le bon et le méchant, en des termes que je ratifiai dès alors, et que l'avenir devra ratifier.

Vous m'avez ouvert aussi (sans parler de ce sanctuaire, dirai-je : auguste ? qui m'a permis de mesurer mes possibilités de vénération, d'ordinaire si calomniées) un domaine, que je négligeais, de la création artistique. Depuis un quart de siècle, je tiens qu'il me serait facile et plaisant d'écrire en vue de la scène. Mais il y avait un premier pas qui m'ennuyait. Faute d'entrain à tirer les sonnettes des directeurs de théâtre, j'écartais cette forme d'expression. En m'épargnant le coup de sonnette, vous m'avez lâché dans un monde pour moi frais, où trouver un motif nouveau d'ébrouement. Et je parle d'ébrouement (j'avais écrit d'abord « enjouement ») sans gêne, parmi les misères et les angoisses de la France de 1942, car ce que nous donnons dans l'art est comme ce que nous donnons dans l'amour. Ces flammes, trop fortes pour que les plus durs vents puissent les éteindre, sont aussi trop pures pour insulter aux ténèbres.

Voilà bien des raisons, mon cher Vaudoyer, pour que votre nom soit inscrit en tête de cet ouvrage. Je l'y trace avec joie, gratitude et amitié. Puissent les créatures de ma pièce se mêler à ce cortège des plus nobles figures de l'art, que vous avez ranimées dans vos livres, et sans lequel on ne vous imagine pas.

Paris, octobre 1942.

La Reine morte *a été représentée pour la première fois sur le Théâtre-Français le 8 décembre 1942, mise en scène par M. Pierre Dux, dans les décors et les costumes de M. Roland Oudot, et avec la distribution suivante :*

FERRANTE, *roi de Portugal, 70 ans*	Jean Yonnel
LE PRINCE DON PEDRO, *son fils, 26 ans*	J. Bertheau
EGAS COELHO, *premier ministre*	M. Escande
ALVAR GONÇALVÈS, *conseiller*	M. Donneaud
DON CHRISTOVAL, *anciennement gouverneur du Prince (vieillard)*	Bacqué
LE GRAND AMIRAL ET PRINCE DE LA MER	Chambreuil
DINO DEL MORO, *page du Roi*	Michel François
DON EDUARDO, *secrétaire de la main (vieillard)*	Seigner
DON MANOËL OCAYO	Valcourt
L'INFANT DE NAVARRE	Deninx
LE CAPITAINE BATALHA	De Rigoult
DEUX PAGES DU ROI	J. Udrezal J. Ory
LE LIEUTENANT MARTINS	Charon
INÈS DE CASTRO, *26 ans*	Madeleine Renaud

L'INFANTE DE NAVARRE, *(doña Bianca), 17 ans*   Renée Faure

TROIS DAMES D'HONNEUR DE L'INFANTE   Jane Faber
N. Marziano
M. Perrey

OFFICIERS, SOLDATS, GENS DE LA COUR, etc.

Au Portugal, — autrefois.

Les passages entre crochets sont supprimés aux représentations de la Comédie-Française.

La pièce ne comporte d'entracte qu'entre les actes II et III.

ACTE PREMIER

PREMIER TABLEAU

Une salle du palais royal, à Montemor-o-velho.

SCÈNE PREMIÈRE

LE ROI FERRANTE, L'INFANTE, L'INFANT,
DON CHRISTOVAL, TROIS DAMES D'HONNEUR
DE L'INFANTE, QUELQUES GRANDS

L'INFANTE

Je me plains à vous, je me plains à vous,
Seigneur ! Je me plains à vous, je me plains à
Dieu ! Je marche avec un glaive enfoncé dans mon
cœur. Chaque fois que je bouge, cela me déchire.

[PREMIÈRE DAME D'HONNEUR,

chuchoté, aux autres dames d'honneur.
La pauvre ! Regardez ! Comme elle a mal !

SECONDE DAME D'HONNEUR

Elle est toute pétrie d'orgueil. Et c'est son
orgueil que ce glaive transperce. Oh ! comme elle a
mal !

TROISIÈME DAME D'HONNEUR

Ah ! elle est de Navarre !]

L'INFANTE

Vous êtes venu, Seigneur, dans ma Navarre (que Dieu protège !) pour vous y entretenir avec le Roi mon père des affaires de vos royaumes. Vous m'avez vue, vous m'avez parlé, vous avez cru qu'une alliance entre nos couronnes, par l'instrument du Prince votre fils, et de moi, pouvait être faite pour le grand bien de ces couronnes et pour celui de la chrétienté. Vous deux, les rois, vous décidez d'un voyage que je ferai au Portugal, accompagnée de l'Infant, mon frère, peu après votre retour. Nous venons, nous sommes reçus grandement. La froideur du Prince, à mon égard, ne me surprend ni ne m'attriste. J'avais vu plus loin ; au-delà de lui, je voyais l'œuvre à faire. Trois jours se passent. Ce matin, don Pedro, seul avec moi, me fait un aveu. Il plaide n'avoir su vos intentions qu'à votre retour de Navarre, quand il était trop tard pour revenir sur notre voyage. Il me déclare que son cœur est lié à jamais à une dame de votre pays, doña Inès de Castro, et que notre union n'aura pas lieu. [Je crois que si je ne l'avais retenu il m'eût conté ses amours de bout en bout et dans le détail : tant de gens affligés du dérangement amoureux ont la manie de se croire objet d'admiration et d'envie pour l'univers entier.] Ainsi on me fait venir, comme une servante, pour me dire qu'on me dédaigne et me rejeter à la mer ! Ma bouche sèche quand j'y pense. Seigneur, savez-vous que chez nous, en Navarre, on meurt d'humiliation ? Don Guzman Blanco, réprimandé par le roi Sanche, mon grand-père, prend la fièvre, se couche, et passe dans le mois. Le père Martorell, confesseur de mon père, lorsqu'il est interdit, a une éruption de boutons sur tout le corps, et expire après trois jours. Si je n'étais jeune et vigoureuse, Seigneur, de l'affront que j'ai reçu du Prince, je serais morte.

[PREMIÈRE DAME D'HONNEUR,

Mourir d'honneur blessé, c'est bien la mort qui convient à notre Infante.

SECONDE DAME D'HONNEUR

Elle est toujours crucifiée sur elle-même, et elle éparpille le sang qui coule de son honneur.

TROISIÈME DAME D'HONNEUR

Ah ! c'est qu'elle est de Navarre, notre Infante !

L'INFANT DE NAVARRE

J'ai laissé parler l'Infante. Sa sagesse est grande et sa mesure. J'ajouterai seulement qu'il en est de nous comme d'un arbuste dont on veut brutalement arracher une feuille. On arrache une seule feuille, mais tout l'arbre frémit. Ainsi, de l'outrage fait à l'Infante, toute la Navarre est secouée. Par respect et par affection vraie pour Votre Majesté, nous préférons nous contenir dans la stupeur, de crainte de nous déborder dans le courroux.]

FERRANTE

Si moi, le Roi, je vous dis que je comprends votre mal, et si votre mal n'en est pas adouci, à votre tour vous m'aurez offensé. Votre mal est le mien : je ne puis dire plus. Quand je revins de

Navarre et annonçai au Prince mes intentions, je
vis bien à sa contenance qu'il en recevait un coup.
Mais je crus qu'il n'y avait là que l'ennui de se
fixer, et d'entrer dans une gravité pour laquelle il
n'a pas de goût. Doña Inès de Castro ne fut pas
nommée. Il me cacha son obstination. Et c'est à
vous qu'il la jette, avec une discourtoisie qui
m'atterre.

L'INFANTE

Ce n'est pas la femme qui est insultée en moi,
c'est l'Infante. Peu m'importe le Prince !

FERRANTE, *à don Manoël Ocayo.*

Don Manoël, allez avertir le Prince, et introdui-
sez-le quand son Altesse sera partie.

L'INFANTE

Seigneur, laissez-moi retourner maintenant dans
mon pays. Dans mon pays où l'on ne m'a jamais
insultée. C'est la Navarre que j'aime. Le vent
d'Est qui m'apporte la brume de neige de mon
pays m'est plus doux que le souffle odorant du
Portugal et de ses orangers. Le vent qui vient de
Navarre...

FERRANTE

Partir ! Tout ce que nous perdrions ! Tout ce que
vous perdriez !

L'INFANTE

Plutôt perdre que supporter.

[PREMIÈRE DAME D'HONNEUR

L'Infante n'aimait pas tant les Navarrais, lorsqu'elle était en Navarre !

DEUXIÈME DAME D'HONNEUR

Ni le froid, ni la brume de neige.

TROISIÈME DAME D'HONNEUR

Quel merveilleux changement en faveur de notre Navarre !]

FERRANTE

De grâce, Infante, restez quelques jours encore. Je vais parler au Prince. Sa folie peut passer.

L'INFANTE

Si Dieu voulait me donner le ciel, mais qu'il me le différât, je préférerais me jeter en enfer, à devoir attendre le bon plaisir de Dieu.

FERRANTE

Vous aimez d'avoir mal, il me semble.

L'INFANTE

J'aime un mal qui me vient de moi-même. Et puis, la Navarre est un pays dur. Les taureaux de chez nous sont de toute l'Espagne ceux qui ont les pattes les plus résistantes, parce qu'ils marchent toujours sur de la rocaille...

FERRANTE

Restez jusqu'au terme des fêtes données en l'honneur de Vos Altesses. Si don Pedro était irréductible, vous partiriez, mais tout scandale serait évité.

L'INFANTE

Je ne revivrai que lorsque nos navires se mettront à bouger vers mon pays.

FERRANTE

Est-il donc trop dur pour vous de composer votre visage pendant quelques jours ?

L'INFANTE

Trop dur ?

[PREMIÈRE DAME D'HONNEUR

Mira ! Mira ! Comme elle dresse la tête, avec la brusquerie de l'oiseau de proie !

DEUXIÈME DAME D'HONNEUR

Oh ! la petite fière !

TROISIÈME DAME D'HONNEUR

Vive Dieu ! Elle est de Navarre !]

FERRANTE

Ne pouvez-vous pendant quelques jours contraindre la nature ?

L'INFANTE

Il y a quelque chose que je ne pourrais pas ?

FERRANTE

Soutenir longuement la conduite la plus opposée à son caractère : quelle fatigue ! Mais quel honneur ! Vous êtes aussi grande que vous êtes noble. Don Pedro est là : il va m'entendre. Peut-être ce soir même le destin aura-t-il changé de route. — Vivez de longues années, ô ma jeune princesse ! Votre exaltation était pareille à celle de la vague qui se soulève. Avec elle, vous nous avez tous soulevés.

L'INFANTE

Dites plutôt que je vive éternellement, pour avoir le temps d'accomplir toutes les choses grandes qu'il y a en moi, et qui dans l'instant où je parle me font trembler.

FERRANTE

Vous vivrez, et vous vivrez lavée. On croit mourir de dépit et de rage, et rien ne passe comme une insulte.

L'INFANTE

Si Dieu veut, si Dieu veut, je serai guérie par mes choses grandes. Par elles je serai lavée.

SCÈNE II

LE ROI, DON MANOËL OCAYO

FERRANTE

Le Prince est là ?

DON MANOËL

Il attend les ordres de Votre Majesté.

FERRANTE

Qu'il attende encore un peu, que ma colère se soit refroidie. J'ai pâli, n'est-ce pas ? Mon cœur qui, au plus fort des batailles, n'a jamais perdu son rythme royal, se désordonne et palpite comme un coq qu'on égorge. Et mon âme m'est tombée dans les pieds.

DON MANOËL

La pire colère d'un père contre son fils est plus tendre que le plus tendre amour d'un fils pour son père.

FERRANTE

J'ai honte. Je ne veux pas que mon fils sache ce qu'il peut sur moi, ce que ne pourrait pas mon plus atroce ennemi. Mais quoi ! Il est un de mes actes, et tous nos actes nous maîtrisent, un jour ou l'autre. Ah ! pourquoi, pourquoi l'ai-je créé ? Et pourquoi suis-je forcé de compter avec lui, pourquoi suis-je forcé de pâtir à cause de lui, puisque je ne l'aime pas ?

DON MANOËL

Magnanime Ferrante...

FERRANTE

Je vous arrête. Je ne sais pourquoi, chaque fois qu'on me loue, cela jette en moi une brusque ondée de tristesse... Chaque fois qu'on me loue, je respire mon tombeau.

DON MANOËL

Ma dévotion, faut-il donc que ce soit silencieusement...

FERRANTE

Au jour du Jugement, il n'y aura pas de sentence contre ceux qui se seront tus. Introduisez le Prince. Je ne sais jamais que lui dire ; mais, aujourd'hui, je le sais.

SCÈNE III

FERRANTE, PEDRO

FERRANTE

L'Infante m'a fait part des propos monstrueux
que vous lui avez tenus. Maintenant, écoutez-moi.
Je suis las de mon trône, de ma cour, de mon
peuple. Mais il y a aussi quelqu'un dont je suis
particulièrement las, Pedro, c'est vous. Il y a tout
juste treize ans que je suis las de vous, Pedro.
Bébé, je l'avoue, vous ne me reteniez guère. Puis,
de cinq à treize ans, je vous ai tendrement aimé.
La Reine, votre mère, était morte, bien jeune.
Votre frère aîné allait tourner à l'hébétude, et
entrer dans les ordres. Vous me restiez seul. Treize
ans a été l'année de votre grande gloire ; vous avez
eu à treize ans une grâce, une gentillesse, une
finesse, une intelligence que vous n'avez jamais
retrouvées depuis ; c'était le dernier et merveilleux
rayon du soleil qui se couche ; seulement on sait
que, dans douze heures, le soleil réapparaîtra,
tandis que le génie de l'enfance, quand il s'éteint,
c'est à tout jamais. On dit toujours que c'est d'un
ver que sort le papillon ; chez l'homme, c'est le
papillon qui devient un ver. A quatorze ans, vous
vous étiez éteint ; vous étiez devenu médiocre et
grossier. Avant, Dieu me pardonne, par moments
j'étais presque jaloux de votre gouverneur ; jaloux
de vous voir prendre au sérieux ce que vous disait
cette vieille bête de don Christoval plus que ce que
je vous disais moi-même. Je songeais aussi : « A

cause des affaires de l'État, il me faut perdre mon enfant : je n'ai pas le temps de m'occuper de lui. » A partir de vos quatorze ans, j'ai été bien content que votre gouverneur me débarrassât de vous. Je ne vous ai plus recherché, je vous ai fui. Vous avez aujourd'hui vingt-six ans : il y a treize ans que je n'ai plus rien à vous dire.

PEDRO

Mon père...

FERRANTE

« Mon père » : durant toute ma jeunesse, ces mots me faisaient vibrer. Il me semblait — en dehors de toute idée politique — qu'avoir un fils devait être quelque chose d'immense... Mais regardez-moi donc ! Vos yeux fuient sans cesse pour me cacher tout ce qu'il y a en vous qui ne m'aime pas.

PEDRO

Ils fuient pour vous cacher la peine que vous me faites. Vous savez bien que je vous aime. Mais, ce que vous me reprochez, c'est de n'avoir pas votre caractère. Est-ce ma faute, si je ne suis pas vous ? Jamais, depuis combien d'années, jamais vous ne vous êtes intéressé à ce qui m'intéresse. Vous ne l'avez même pas feint. Si, une fois... quand vous aviez votre fièvre tierce, et croyiez que vous alliez mourir ; tandis que je vous disais quelques mots auprès de votre lit, vous m'avez demandé : « Et les loups, en êtes-vous content ? » Car c'était alors ma passion que la chasse au loup. Oui, une fois seulement, quand vous étiez tout affaibli et désespéré par le mal, vous m'avez parlé de ce que j'aime.

FERRANTE

Vous croyez que ce que je vous reproche est de n'être pas semblable à moi. Ce n'est pas tout à fait cela. Je vous reproche de ne pas respirer à la hauteur où je respire. On peut avoir de l'indulgence pour la médiocrité qu'on pressent chez un enfant. Non pour celle qui s'étale dans un homme.

PEDRO

Vous me parliez avec intérêt, avec gravité, avec bonté, à l'âge où je ne pouvais pas vous comprendre. Et à l'âge où je l'aurais pu, vous ne m'avez plus jamais parlé ainsi, — à moi que, dans les actes publics, vous nommez « mon bien-aimé fils » !

FERRANTE

Parce qu'à cet âge-là non plus vous ne pouviez pas me comprendre. Mes paroles avaient l'air de passer à travers vous comme à travers un fantôme pour s'évanouir dans je ne sais quel monde : depuis longtemps déjà la partie était perdue. Vous êtes vide de tout, et d'abord de vous-même. Vous êtes petit, et rapetissez tout à votre mesure. Je vous ai toujours vu abaisser le motif de mes entreprises : croire que je faisais par avidité ce que je faisais pour le bien du royaume ; croire que je faisais par ambition personnelle ce que je faisais pour la gloire de Dieu. De temps en temps vous me jetiez à la tête votre fidélité. Mais je regardais à vos actes, et ils étaient toujours misérables.

PEDRO

Mon père, si j'ai mal agi envers vous, je vous demande de me le pardonner.

FERRANTE

Je vous le pardonne. Mais que le pardon est vain ! Ce qui est fait est fait, et ce qui n'est pas fait n'est pas fait, irrémédiablement. Et puis, j'ai tant pardonné, tout le long de ma vie ! Il n'y a rien de si usé pour moi, que le pardon. *(Pris d'un malaise, il porte la main à son cœur. Un temps.)* D'autres ont plaisir à pardonner ; pas moi. Enfin, nous voici dans une affaire où vous pouvez réparer beaucoup. Je ne reviens pas sur votre conduite incroyable, de vous refuser depuis des années à prendre l'esprit et les vues de votre condition ; de vous échapper toutes les fois que je vous parle d'un mariage qui est nécessaire au trône ; de me celer encore votre détermination, ces jours derniers, pour la révéler brutalement à l'Infante, au risque du pire éclat, avec une inconvenance inouïe. Je connais peu Inès de Castro. Elle a de la naissance, bien que fille naturelle. On parle d'elle avec sympathie, et je ne lui veux pas de mal. Mais il ne faut pas qu'elle me gêne. Un roi se gêne, mais n'est pas gêné.

PEDRO

Que prétendez-vous faire contre elle ?

FERRANTE

Je pourrais exiler doña Inès, ou vous interdire de la revoir. Je ne le ferai pas. Puisque les Africains ont apporté chez nous un peu de leurs coutumes, et que, même à la cour, l'usage s'est

établi qu'un homme ait une amie régulière en
outre de son épouse légitime, épousez l'Infante, et
ne vous interdisez pas de rencontrer Inès, avec la
discrétion convenable. L'Infante, prévenue, y
trouvera d'autant moins à redire qu'en Navarre
aussi le concubinage est formellement autorisé par
la loi. Elle aura le règne, et le règne vaut bien ce
petit déplaisir. Et elle ne vous aime pas, non plus
que vous ne l'aimez, ce qui est bien la meilleure
condition pour que votre union soit heureuse à
l'État, et même heureuse tout court. Vous
m'entendez ? Je *veux* que vous épousiez l'Infante.
Elle est le fils que j'aurais dû avoir. Elle n'a que
dix-sept ans, et déjà son esprit viril suppléera au
vôtre. A votre sens, l'État marche toujours assez
bien, quand il vous donne licence de faire tout ce
que vous voulez ; gouverner vous est odieux.
L'Infante, elle... Enfin, je l'aime. Elle m'a un peu
étourdi des cris de son orgueil, quand elle dansait
devant moi le pas de l'honneur (ma foi, elle ne
touchait pas terre). Mais elle est brusque, profonde, singulière. Et cette énergie pleine d'innocence... Son visage est comme ces visages de
génies adolescents qu'on voit sculptés sur les
cuirasses, et qui, la bouche grande ouverte, crient
éternellement leur cri irrité. C'est elle, oui, c'est
elle qu'il faut à la tête de ce royaume. Et songez à
quelle force pour nous : le Portugal, la Navarre et
l'Aragon serrant la Castille comme dans un étau !
Oui, je suis passionné pour ce mariage. Quand
tout concourt à ce point à faire qu'une chose soit
bonne, il ne faut pas s'y tromper : Dieu est
derrière. Moi, le Roi, me contredire, c'est contredire Dieu. Mais me contredire en cette affaire-ci,
c'est le contredire deux fois.

PEDRO

Vivre partie avec l'Infante, et partie avec Inès...
Vivre déchiré entre une obligation et une affection...

FERRANTE

Je ne vois pas là déchirement, mais partage
raisonnable.

PEDRO

Je n'ai pas tant de facilité que vous à être
double. Je me dois à ce que j'aime et qui m'aime,
et ne m'y dois pas à moitié.

FERRANTE

Il n'est donc que votre plaisir au monde ?

PEDRO

Mon plaisir ? Mon amour.

FERRANTE

Ils coïncident malheureusement.

PEDRO

Il y a une autre raison, pour laquelle je ne peux
épouser l'Infante.

FERRANTE

Laquelle ?

PEDRO

... Et puis non, quand je le pourrais, je ne veux
pas nous sacrifier, moi et un être que j'aime, à des
devoirs dont je ne méconnais pas l'importance,

mais auxquels j'ai le droit d'en préférer d'autres.
Car il y a la vie privée, et elle aussi est importante,
et elle aussi a ses devoirs. Une femme, un enfant,
les former, les rendre heureux, leur faire traverser
ce passage de la vie avec un bonheur qu'ils
n'auraient pas eu sans vous, est-ce que, cela aussi,
ce n'est pas important ?

FERRANTE

Étranges paroles, où n'apparaissent jamais ni
Dieu ni le royaume, alors que vous êtes chrétien,
et demain serez roi.

PEDRO

Chrétien, je dis : la destinée d'un être importe
autant que la destinée d'un million d'êtres ; une
âme vaut un royaume.

FERRANTE

Tant d'idées au secours d'un vice !

PEDRO

D'un vice !

FERRANTE

Vous avez une maîtresse, et ne voulez rien voir
d'autre. Là-dessus il faut que l'univers se dispose
de manière à vous donner raison.

PEDRO

J'ai quarante années peut-être à vivre. Je ne
serai pas fou. Je ne les rendrai pas, de mon plein
gré, malheureuses, alors qu'elles peuvent ne pas
l'être.

FERRANTE

Enfin vous voici tout à fait sincère! C'est de vous qu'il s'agit. Et de votre bonheur! Votre bonheur!... Êtes-vous une femme?

PEDRO

Laissez le trône à mon cousin de Bragance. Il est friand de ces morceaux-là. Qu'on les donne à qui les aime. Non à qui les a en horreur.

FERRANTE

Assez d'absurdités. En vous ma suite et ma mémoire. Même si vous n'en voulez pas. Même si vous n'en êtes pas digne. Réfléchissez encore. L'Infante, qui est si attentive à ce qui lui est dû, pourtant, après un premier mouvement de chaleur, a accepté de feindre. Elle demeurera ici pendant le temps des fêtes organisées en l'honneur de son frère et d'elle. Vous avez donc cinq jours pour vous décider. Dans cinq jours vous me direz si vous épousez l'Infante. Sinon...

PEDRO

Sinon?

FERRANTE

Pedro, je vais vous rappeler un petit épisode de votre enfance. Vous aviez onze ou douze ans. Je vous avais fait cadeau, pour la nouvelle année, d'un merveilleux petit astrolabe. Il n'y avait que quelques heures que ce jouet était entre vos mains, quand vous apparaissez, le visage défait, comme prêt aux larmes. « Qu'y a-t-il? » D'abord, vous ne voulez rien dire; je vous presse; enfin vous avouez: vous avez cassé l'astrolabe. Je vous dis tout ce que mérite une telle sottise, car l'objet était un vrai chef-d'œuvre. Durant un long moment, vous me laissez faire tempête. Et soudain votre visage s'éclaire, vous me regardez avec des yeux pleins de malice, et vous me dites : « Ce n'est pas vrai. L'astrolabe est en parfait état. » Je ne comprends pas : « Mais alors, pourquoi ? » Et vous, avec un innocent sourire : « Sire, j'aime bien quand vous êtes en colère... »

PEDRO

C'était pour voir...

FERRANTE

Pour voir quoi ?

PEDRO

Pour voir ce que vous diriez.

FERRANTE

Eh bien ! mon cher fils — et c'est là que je voulais en venir, — si à douze ans vous étiez si insensible à ma colère, je vous jure par le sang du Christ qu'à vingt-six ans elle vous fera trembler.

PEDRO

Ah ! vous n'êtes pas bon, mon père !

FERRANTE

Si, je suis bon quand il me plaît. Sachez que parfois le cœur me vient dans la bouche, de bonté. Tenez, il m'arrive, quand je viens de duper merveilleusement quelqu'un, de le prendre en pitié, le voyant si dupe, et d'avoir envie de faire quelque chose pour lui...

PEDRO

De lui lâcher un peu de ce qui ne vous importe pas, l'ayant bien dépouillé de ce qui vous importe.

FERRANTE

C'est cela même.

PEDRO

Et si vous me châtiez, épargnerez-vous Inès?

FERRANTE

Encore une fois, à vous et à Inès, je ne reproche pas votre liaison. Elle m'était connue ; je ne la blâmais pas. Je vous reproche, à vous, de ne vouloir pas épouser l'Infante ; c'est tout. Allons, j'ai fini ce que j'avais à vous dire. Vous pouvez vous retirer.

PEDRO

Mon père, après des paroles si graves, me retirerai-je sans que vous m'embrassiez?

FERRANTE

Embrassons-nous, si vous le désirez. Mais ces baisers entre parents et enfants, ces baisers dont on se demande pourquoi on les reçoit et pourquoi on les donne...

PEDRO, *qui avait fait un pas vers son père, s'arrête court.*

En ce cas, inutile.

FERRANTE, *soudain dur.*

Vous avez raison : inutile.

SECOND TABLEAU

Dans la maison d'Inès, à Mondego, aux environs de Montemor-o-velho, une pièce donnant sur un jardin.

SCÈNE IV

PEDRO, INÈS

PEDRO

Jugez-moi sévèrement : je n'ai osé lui avouer ni que nous étions mariés, ni que ce mariage allait faire en vous son fruit. Sa colère m'a paralysé.

INÈS

Puisque nous ne pouvons être déliés, quand même nous le voudrions, le Pape étant à cette heure si roidi contre votre père, puisqu'il est donc vain que le Roi s'entête de votre mariage avec l'Infante, retournez le voir, Pedro, et dites-lui tout. Mieux vaut qu'il se voie arrêté par un fait contre lequel il ne peut rien, que s'il se croit arrêté par votre obstination. Mieux vaut sa colère aujourd'hui que demain.

PEDRO

Elle sera terrible. Elle nous enveloppera comme une flamme.

INÈS

Je crois qu'elle me sera plus facile à supporter que notre présente incertitude. Si étrange qu'il puisse paraître, il me semble que, lorsqu'elle éclatera, il y aura quelque chose en moi qui criera : « Terre ! »

PEDRO

Il nous séparera.

INÈS

N'est-ce pas comme si nous l'étions déjà ? Et je veux croire, oui, je veux croire qu'il ne nous séparera pas trop longtemps. Car, lorsqu'il se verra devant la chose faite et irrémédiable, alors il n'y aura qu'une issue : le persuader de reconnaître notre union. Et pourquoi n'y réussiriez-vous pas ? Si le Roi s'acharne à ce que vous épousiez l'Infante, c'est parce qu'il voit en elle une femme de gouvernement, alors que vous êtes si peu l'homme de cela. Apprenez à gouverner, mon ami, acceptez-en le péril et l'ennui, le faisant désormais pour l'amour de moi, et peut-être le Roi acceptera-t-il à son tour que la future reine ne soit qu'une simple femme, dont la raison suffisante de vivre est de vous rendre heureux. [Mais, pour Dieu, quand vous ferez son siège, sachez bien le convaincre qu'être reine m'est un calice, et que je n'ai voulu le boire que pour le boire bouche à bouche avec vous. Je crois que je mourrais d'amertume s'il s'avisait de me croire ambitieuse, alors

que tout mon rêve aurait été de passer ma vie
retirée dans le petit coin de la tendresse, perdue et
oubliée au plus profond de ce jardin.

PEDRO

Vous avez raison, je lui parlerai de la sorte.]
Nous sommes dans la main de la destinée comme
un oiseau dans la main d'un homme. Tantôt elle
nous oublie, elle regarde ailleurs, nous respirons.
Et soudain elle se souvient de nous, et elle serre un
peu, elle nous étouffe. Et de nouveau elle relâche
l'étreinte, — si elle ne nous a pas étouffés tout de
bon. [L'étreinte se relâchera, Inès. Et je veux
croire, moi aussi, que nous vivrons bien des heures
encore retirés dans ce jardin, et que nous y
deviserons comme nous avons fait si souvent, assis
au bord de la vasque, avec le jet d'eau qui envoyait
parfois sur nous des gouttelettes, et parfois n'en
envoyait pas, selon le vent. Et je humais la
poussière d'eau. Et je songeais que vous faisiez de
moi ce que fait tout être de qui le désire et qui
l'aime : vous en faisiez cette vasque qui continuellement déborde, sans cesse remplie et qui continuellement déborde. Et un chant doux comme la
tristesse venait par moments de la route, le chant
des casseurs de pierres, qui venait et cessait lui
aussi, comme la poussière d'eau, selon le caprice
du vent.]

INÈS

Cette douceur mêlée de tristesse, c'est bien le
goût de notre amour. Vous ne m'avez donné que
des joies ; pourtant, toujours, quand je pensais à
vous, si j'avais voulu j'aurais pu me mettre à
pleurer. Depuis deux ans, sur nous, cette menace,

cette sensation d'une pluie noire sans cesse prête à
tomber et qui ne tombe pas. [La destinée qu'on
sent qui s'accumule en silence. Combien de fois,
dans notre maison, m'y trouvant avec vous, je me
suis représenté le temps où ces heures seraient du
passé. Je les regrettais dans le moment même que
je les vivais. Et elles m'étaient doublement chères,
d'être, et que j'en puisse jouir, et déjà que je n'en
puisse jouir plus. Voyez-vous, je suis comme le
vieux capitaine Orosco, qui s'était battu pendant
sept ans, ici et en Afrique, avec une bravoure de
lion et qui, lorsqu'il fut mis à la retraite, me dit :
« Je suis bien content ! J'en avais assez de risquer
ma vie tous les jours. »] Avec [autant de] simplicité, je vous dirai : j'en ai assez d'avoir tous les
jours peur. De retrouver chaque matin cette peur,
au réveil, comme un objet laissé la veille au soir
sur la table. La peur, toujours la peur ! La peur qui
vous fait froid aux mains...

PEDRO

C'est vrai, vos mains douces et froides... Mais
songez que le monde entier vit sous l'empire de la
peur. Mon père a passé sa vie à avoir peur : peur
de perdre sa couronne, peur d'être trahi, peur
d'être tué. Il connaît ses forfaits mieux que nous ne
les connaissons, et sait que chacun d'eux crée la
menace d'une représaille. J'ai vu bien des fois son
visage au moment où il venait de marquer un point
contre un adversaire ; ce qu'il y avait alors sur ce
visage, ce n'était jamais une expression de
triomphe, c'était une expression de peur : la peur
de la riposte. Les bêtes féroces, elles aussi, sont
dominées par la peur. Et regardez les poussières
dans ce rayon de soleil : que j'avance seulement un

peu ma main ici, au bas du rayon, et là-haut, à
l'autre bout, elles deviennent folles, folles de peur.

INÈS

Souvent, au coucher du soleil, je suis envahie
par une angoisse. Tenez, quand je vois les mar-
chands qui ferment leurs volets. Un coup de lance
me traverse : « En ce moment même on décide
quelque chose d'effroyable contre moi... » Ou
bien (comme c'est bête !) c'est le soir, quand je me
déshabille, à l'instant où je dénoue mes cheveux.

PEDRO

[Savez-vous que, chaque fois que vous bougez la
tête, vous m'envoyez l'odeur de vos cheveux ? Et
que cette odeur n'est jamais tout à fait la même ?
Tantôt imprégnée d'air et de soleil, et sentant la
flamme ; tantôt froide, et sentant l'herbe coupée.]
Ô tête chère, si bien faite pour mes mains ! Inès,
femme chérie, mon amour au nom de femme, Inès
au clair visage, plus clair que les mots qui le
bercent, [vous qui êtes le lien qui m'unit à tous les
êtres ; oui, tous les êtres attachés à vous, et à vous
seule, comme les fruits sont attachés à l'arbre]...
Et aujourd'hui je ne fais pas que vous aimer : je
vous admire. Je vous trouve plus courageuse que
moi.

INÈS

A force d'être anxieuse sans que rien arrive, le
jour où la foudre tombe on se trouve presque
calme. Et puis, aujourd'hui, il me semble que je
suis soutenue par notre enfant. Il mène à l'intérieur de moi une lutte féroce, et moi, j'aurais
honte si je n'étais pas aussi forte que lui, pour le

sauver en nous sauvant. Quand vous êtes venu
pour la première fois, il y a deux ans, j'étais sans
résistance devant vous. Pour un seul mot cruel de
vous, je serais tombée, oui, tombée sur le sol. Je
ne pouvais me défendre, moi. Mais pour le défendre, lui, je me sens tous les courages. Jusqu'à me
dire que le mettre au monde dans la facilité serait
un amoindrissement. Jusqu'à me dire que le fait
qu'il se forme parmi l'épreuve est quelque chose
d'heureux. [Vous, je vous ai trouvé tout créé, et
c'est vous qui ensuite m'avez créée. Lui,] cette
fabrication de chaque instant, matérielle et imma-
térielle, qui vous fait vivre dans la sensation d'un
miracle permanent, cela fait de lui mon bien,
Pedro ! Pedro ! oui, comme je crois que vous-
même vous ne sauriez... Mais je suis folle, n'est-ce
pas ? Au contraire, ce que je lui donne, non
seulement je ne vous le prends pas, mais en le lui
donnant je vous le donne. Je te tiens, je te serre
sur moi, et c'est lui. Son cou n'a pas tout à fait la
même odeur que le tien, il sent l'enfant... Et son
haleine est celle de la biche nourrie de violettes. Et
ses petites mains sont plus chaudes que les tiennes.
Et ses bras sont autour de mon cou comme est
l'eau, l'été, quand on y plonge, et qu'elle se
referme sur vos épaules, toute pleine de soleil. Et
il fait autour de mon cou un doux chantonnement
qui roucoule... Enfant adoré, grâce à qui je vais
pouvoir aimer encore davantage !

PEDRO

Tu penses à lui, et, au milieu de toutes nos
misères te voilà comme entourée d'une buée de
bonheur.

INÈS

Ce bonheur au sommet duquel un instant encore je puis être immobile... Mais quoi ? Pourquoi me lâcher ainsi brusquement ? [Il ne fallait pas me prendre contre toi, si c'était pour me lâcher ainsi.] Reprends-moi auprès de toi, que je ne meure pas.

PEDRO

Des cavaliers s'arrêtent à la porte du jardin.

INÈS

Voici enfin cet instant redouté depuis toujours.

PEDRO

C'est lui !

INÈS

Instant tellement pareil à celui que j'ai attendu.

PEDRO

Retire-toi. Je vais tout lui dire, comme tu me l'as conseillé. Tu avais raison. Il y a là un signe : la destinée est venue au-devant de nous.

INÈS

Peut-être que, pendant des années, il me va falloir vivre sur cette minute que je viens de vivre. Je le savais, mais pas assez.

UN SERVITEUR, *entrant.*

Sire, le Roi !

PEDRO

Je suis son serviteur.

LE SERVITEUR

C'est doña Inès de Castro que Sa Majesté veut voir. Et Elle veut la voir seule.

PEDRO

C'est bien. Inès, que Dieu t'inspire !

INÈS

Je passe ma main sur ton visage, comme les aveugles, pour l'emporter deux fois.

SCÈNE V

FERRANTE, INÈS

FERRANTE

Ainsi donc vous voici, doña Inès, devant moi. Votre renommée m'avait prévenu en votre faveur. Votre air, votre contenance, jusqu'à votre vêtement, tout me confirme que vous êtes de bon lieu. Et ainsi je ne doute pas que vous ne trouviez en vous-même de quoi vous égaler aux circonstances où vous nous avez mis.

INÈS

Je suis la servante de Votre Majesté.

FERRANTE

Il me plaît que vous soyez un peu Portugaise par votre mère, alors que votre père était gentilhomme d'une des plus anciennes familles de Galice. Vous avez été élevée à Saint-Jacques-de-Compostelle, n'est-ce pas, à la cour du duc de Peñafiel ? Et vous êtes venue ici, il y a deux ans, pour y accompagner votre vieil oncle, le comte de Castro, que j'appelais auprès de moi. Par malheur, il est retourné à Dieu, trop tôt pour nous tous. Et maintenant pour vous, il me semble. Car vous êtes restée seule au Mondego. C'était une situation un peu étrange pour une jeune fille. Peut-être faut-il regretter que je ne vous aie pas connue davantage. Je ne vous ai guère vue à la cour, sinon pas du tout.

INÈS

N'ayant pas d'intrigue à y mener, je ne m'y serais pas sentie à l'aise. Il me semble que je me serais demandé sans cesse : « Mais que fais-je donc ici ? » Et on dit qu'à la cour celui qui est embarrassé a toujours tort.

FERRANTE

La cour est un lieu de ténèbres. Vous y auriez été une petite lumière.

INÈS

Et puis, il m'aurait fallu dissimuler un peu avec Votre Majesté. Et je ne l'aurais pas pu.

FERRANTE

Le mensonge est pour mes Grands une seconde nature. [De même qu'ils préfèrent obtenir par la menace ce qu'ils pourraient obtenir par la douceur, obtenir par la fraude ce qu'ils pourraient obtenir par la droiture, ils préfèrent obtenir par l'hypocrisie ce qui leur serait acquis tout aussi aisément par la franchise : c'est le génie ordinaire des cours.] Et vous-même, allez ! allez ! vous y auriez bien vite pris goût. D'ailleurs, il importe moins de ne pas mentir aux autres, que de ne pas se mentir à soi-même.

INÈS, *souriant.*

Si je mentais, je m'embrouillerais bien vite dans mes mensonges. C'est peut-être là tout ce qui m'arrête.

FERRANTE

J'ai voulu vous faire sourire. Lorsqu'on doute si un inconnu est dangereux ou non, il n'y a qu'à le regarder sourire : son sourire est une indication, quand il n'est pas une certitude. Le vôtre achève de vous révéler. Eh bien ! doña Inès, je plaisantais : soyez toujours vraie avec moi ; vous n'aurez pas à vous en repentir. Et soyez vraie, d'abord, en me parlant de mon fils.

INÈS

Le jour où je l'ai connu est comme le jour où je suis née. Ce jour-là on a enlevé mon cœur et on a mis à sa place un visage humain. C'était pendant la fête du Trône, dans les jardins de Montemor. Je m'étais retirée un peu à l'écart, pour respirer l'odeur de la terre mouillée. Le Prince me rejoignit. On n'entendait plus aucun bruit de la fête, plus rien que les petits cris des oiseaux qui changeaient de branche. Il me dit que, sitôt qu'il avait entendu ma voix, il s'était mis à m'aimer. Cela me rendit triste. Je le revis plusieurs fois, dans la campagne du Mondego. Il était toujours plein de réserve, et moi j'étais toujours triste. Enfin je lui dis : « Laissez-moi seulement mettre ma bouche sur votre visage, et je serai guérie éternellement. » Il me le laissa faire, et il mit sa bouche sur le mien. Ensuite, son visage ne me suffit plus, et je désirai de voir sa poitrine et ses bras.

[FERRANTE

Il y a longtemps de tout cela ?

INÈS

Il y aura deux ans le 13 août. Depuis deux ans, nous avons vécu dans le même songe. Où qu'il soit, je me tourne vers lui, comme le serpent tourne toujours la tête dans la direction de son enchanteur. D'autres femmes rêvent de ce qu'elles n'ont pas ; moi, je rêve de ce que j'ai. Et pas une seule fois je n'ai voulu quelque chose qui ne fût à son profit. Et pas un jour je n'ai manqué de lui dire en moi-même : « Que Dieu bénisse le bonheur que vous m'avez donné ! »]

FERRANTE

Ces sentiments vont faciliter ma tâche : je suis chez moi partout où il y a de la gravité. Et ce serait péché de vouloir diminuer l'image que vous vous faites du Prince, encore que, selon moi, elle soit un peu embellie. Selon moi, le Prince est… comment dire ? le Prince est une eau peu profonde. Péché aussi de vous dire trop comment je me représente ce que les hommes et les femmes appellent amour, qui est d'aller dans des maisons noires au fond d'alcôves plus tristes qu'eux-mêmes, pour s'y mêler en silence comme les ombres. Non, laissons cela, et venons au cœur de mon souci. Je ne vous demande pas de rompre avec don Pedro. Je vous demande d'user de votre pouvoir sur lui pour qu'il accepte un mariage dont dépend le sort du royaume. Cela peut vous être dur, mais il le faut. Je n'ai pas à vous en déduire les raisons : le mariage du Prince est une conjoncture à laquelle, depuis deux ans, vous avez eu tout le loisir de vous préparer.

INÈS

Hélas ! Seigneur, vous me demandez l'impossible.

FERRANTE

Doña Inès, je suis prêt à donner aux sentiments humains la part qui leur est due. Mais non davantage. Encore une fois, ne me forcez pas à vous soutenir le point de vue de l'État, qui serait fastidieux pour vous. *(La menant vers la fenêtre.)* Regardez : la route, la carriole avec sa mule, les porteurs d'olives, — c'est moi qui maintiens tout cela. J'ai ma couronne, j'ai ma terre, j'ai ce peuple que Dieu m'a confié, j'ai des centaines et des centaines de milliers de corps et d'âmes. Je suis comme un grand arbre qui doit faire de l'ombre à des centaines de milliers d'êtres. Et tout cela demande que ce mariage se fasse, qui sert merveilleusement ma politique. Don Pedro a eu un non brutal, et il a eu la folie de le dire même à l'Infante. Mais ce n'est là qu'un premier mouvement, sur lequel je veux qu'il revienne. A vous de l'y aider. Vous n'avez pas à prendre ombrage de ses sentiments pour l'Infante : entre eux, il n'est pas question d'amour. Et vous satisferez votre roi, qui incline vers la tombe, et a besoin que ses affaires soient en ordre. Faites-le donc, sous peine de mon déplaisir, et vous souvenant que toute

adhésion qu'on me donne agrandit celui qui me la
donne.

INÈS

Seigneur, le voudrais-je, je ne pourrais dénouer
ce que Dieu a noué.

FERRANTE

Je ne comprends pas.

INÈS

Il y a près d'une année, en grand secret, à
Bragance, l'évêque de Guarda...

FERRANTE

Quoi ?

INÈS

... nous a unis, le Prince et moi...

FERRANTE

Ah ! malheur ! malheur ! Marié ! et à une
bâtarde ! Outrage insensé et mal irréparable, car
jamais le Pape ne cassera ce mariage : au
contraire, il exultera, de me voir à sa merci. Un
mariage ? Vous aviez le lit : ce n'était pas assez ?
Pourquoi vous marier ?

INÈS

Mais... pour être plus heureuse.

FERRANTE

Plus heureuse ! Encore le bonheur, comme l'autre ! C'est une obsession ! Est-ce que je me soucie
d'être heureux, moi ? [Encore, si vous me répon-

diez : pour sortir du péché.] Et depuis un an mon fils me cache cela. Depuis un mois, il connaît mes intentions sur l'Infante, et il ne dit rien. Hier, il était devant moi, et il ne disait rien. Et c'est vous qu'il charge d'essuyer ma colère, comme ces misérables peuplades qui, au combat, font marcher devant elles leurs femmes, pour se protéger !

INÈS

Il redoutait cette colère.

FERRANTE

Il savait bien qu'un jour il devrait la subir, mais il préférait la remettre au lendemain, et sa couardise égale sa fourberie et sa stupidité. Il n'est plus un enfant, mais il lui est resté la dissimulation des enfants. A moins que... à moins qu'il n'ait compté sur ma mort. Je comprends maintenant pourquoi il se débat contre tout mariage. Je meurs, et à l'instant vous régnez ! Ah ! j'avais bien raison de penser qu'un père, en s'endormant, doit toujours glisser un poignard sous l'oreiller pour se défendre contre son fils. Treize ans à être l'un pour l'autre des étrangers, puis treize ans à être l'un pour l'autre des ennemis : c'est ce qu'on appelle la paternité. *(Appelant.)* Don Félix ! Faites entrer don Christoval, avec trois officiers. Madame, ce n'est pas vous la coupable, retirez-vous dans vos chambres : on ne vous y fera nul mal. Don Félix, accompagnez doña Inès de Castro, et veillez à ce qu'elle ne rencontre pas le Prince.

INÈS

Mais don Pedro ? Oh ! Seigneur, pour lui, grâce !

FERRANTE

Assez !

INÈS

Dieu ! il me semble que le fer tranche de moi mon enfant.

SCÈNE VI

FERRANTE, DON CHRISTOVAL,
TROIS OFFICIERS DU PALAIS

FERRANTE

Don Christoval, je vous confie une mission pénible pour vous. Avec ces trois hommes de bien, vous allez arrêter sur-le-champ le personnage que j'ai pour fils. Vous le conduirez au château de Santarem, et vous l'y détiendrez jusqu'à ce que j'aie désigné qui le gardera.

DON CHRISTOVAL

Seigneur ! Pas moi ! Un autre que moi !

FERRANTE

Vous, au contraire, et nul autre que vous. Cela vous fait souffrir ? Eh bien, maintenant il faut que l'on commence à souffrir un peu autour de moi.

DON CHRISTOVAL

Lui que j'ai élevé...

FERRANTE

Et bien élevé, certes ! Un digne élève ! Et un digne fils !

DON CHRISTOVAL

J'atteste par le Dieu vivant que don Pedro vous révère et vous aime.

FERRANTE

Quand il me mépriserait, quand il aurait fait peindre mon image sur les semelles de ses souliers, pour me piétiner quand il marche, ou quand il m'aimerait au point d'être prêt à donner pour moi sa vie, cela me serait indifférent encore. Pedro est marié à doña Inès.

DON CHRISTOVAL

Hélas ! Après ce qu'il m'avait dit !

FERRANTE

Que vous avait-il dit ?

DON CHRISTOVAL

Qu'il ne ferait jamais un mariage pareil. Déjà, il savait qu'on le raillait un peu d'avoir pour amie — pour amie seulement — une enfant naturelle. Un jour que je lui en touchais un mot, il m'avait dit : « Jamais plus vous ne devez me parler sur ce sujet. »

FERRANTE

Il est là tout entier. Allez, allez, en prison ! En prison pour médiocrité.

Il sort.

SCÈNE VII

PEDRO, DON CHRISTOVAL, LES OFFICIERS

PEDRO, *entrant.*

Le Roi est parti ? — Mais quoi ? Ah ! c'est cela !

DON CHRISTOVAL

Au nom du Roi, Prince, je vous arrête. *(Fléchissant le genou.)* Don Pedro, pardonnez-moi.

PEDRO

Relevez-vous, don Christoval. Le jour viendra assez tôt, où il me faudra voir des hommes à genoux devant moi.

DON CHRISTOVAL

Je ne me relèverai pas que vous ne m'ayez donné votre bénédiction.

PEDRO

Je vous la donne. Et Inès ?

DON CHRISTOVAL

Libre.

PEDRO

Je veux m'en assurer. Je veux la voir. Un instant seulement.

DON CHRISTOVAL

Sire, vous ne sortirez pas d'ici !

PEDRO

Misérable vieillard ! Tu oses ! Ah ! Ah ! tu l'as enfin, ton heure de gloire !

DON CHRISTOVAL

Tuez-moi, que je n'aie plus à oser.

PEDRO

Je crains tout pour Inès.

DON CHRISTOVAL

Je vous répète qu'elle est libre, libre !

PEDRO

Et demain ? Ah ! j'ai été trop courageux. Voilà un an qu'il fallait mettre Inès en sûreté : il y a trois cents couvents au Portugal où elle eût trouvé asile, même contre le Roi. Mais on se tiendrait pour pusillanime en prenant ses sûretés. Inès est menacée parce que je n'ai pas eu peur. Enfant chérie, comme je suis coupable envers toi, de n'avoir pas su mieux te défendre. Tu te reposais sur moi, et je t'ai manqué !

DON CHRISTOVAL

Il y a toujours à gagner à avoir du courage.

PEDRO

Don Christoval, on a beau vous mettre le nez sur la réalité, vous vous entêtez dans les lieux communs optimistes : ils vous enivrent. Vous étiez pédagogue. Vous croyiez que c'est cette nourriture-là qu'il faut donner aux pauvres jeunes gens, qui n'ont déjà que trop tendance à aimer les lieux

communs. Et vous continuez. On gagne quelquefois à être courageux. Et quelquefois on perd.
Voilà ce qu'il faudrait dire. Mais cela est trop
simple. Cela est trop vrai. Vous êtes pédagogue et
moralisateur : vous n'êtes pas fait pour le simple ni
pour le vrai. Et vous ne sentirez jamais combien il
est grave de prêcher le courage, surtout aux jeunes
gens. *(Tendant son épée.)* Allons, désarmez-moi. Il
faut que je sorte d'un univers où j'étais un homme
pour entrer dans un univers où je serai un outragé.
Et par mes compatriotes, bien entendu : que les
Africains m'aient fait prisonnier, ce n'était pas
intéressant. C'est curieux, les hommes de valeur
finissent toujours par se faire arrêter. Même dans
l'histoire, on n'imagine guère un grand homme qui
ne se trouve à un moment devant un juge et devant
un geôlier ; cela fait partie du personnage. Et ceux
d'entre eux qui n'ont pas passé par la prison font
figure en quelque sorte de déserteurs. Messieurs,
ce que vous m'êtes, c'est une vraie escorte d'honneur, car dans les prisons de mon père je vais
retrouver la fleur du royaume. Mais, dites-moi, n'y
en a-t-il pas un parmi vous qui ait été mis en prison
par des Portugais ? Quoi, pas un ? Ah ! vous,
lieutenant Martins. Prisonnier ! Et pour quel
motif ?

LE LIEUTENANT

Oh ! Prince, bien modeste : pour dettes.

PEDRO

Que ce soit pour dettes, ou pour vol, ou pour
viol, ou pour meurtre, quiconque a été fait prisonnier par les siens est désormais mon frère. Lieutenant Martins, je me souviendrai de vous. Et

maintenant, escorte d'honneur, en avant, vers les prisons! Ou plutôt non, il vaut mieux dire : en avant, par-delà les prisons!

Ils sortent

ACTE II

PREMIER TABLEAU

Le cabinet de travail du Roi, au palais.

SCÈNE PREMIÈRE

FERRANTE, EGAS COELHO, ALVAR GONÇALVÈS,
DON EDUARDO

Ferrante assis sur son trône. Egas Coelho et don Eduardo assis à une table à gauche. Alvar Gonçalvès assis à une table à droite. Ils ont devant eux des manuscrits.

[FERRANTE

La dépêche pour les cortès de Catalogne...

ALVAR GONÇALVÈS, *l'ayant lue.*

Il me semble que don Eduardo y exagère un peu la misère du royaume.

FERRANTE

Sur mes indications. De quoi s'agit-il? D'obtenir. Et se plaindre est un des moyens d'obtenir. La pitié est d'un magnifique rapport.]

EGAS COELHO

Puis-je me permettre une observation ? Puisque dans cette lettre nous employons des procédés qui sont légitimes entre princes, mais qui, entre particuliers, seraient tenus pour atroce perfidie, je souhaiterais que Votre Majesté y parlât de notre honneur.

FERRANTE

Vous avez raison. C'est quand la chose manque, qu'il faut en mettre le mot. Don Eduardo, vous recommencerez cette lettre et vous y introduirez le mot « honneur ». Une fois seulement. Deux fois, personne n'y croirait plus.

[ALVAR GONÇALVÈS

Mais, au contraire, si vous vous trouvez jamais devant l'Infante, surtout, ne lui parlez pas d'honneur. Elle pense qu'elle est seule au monde à se faire une notion de l'honneur. En lui en parlant, vous vous exposeriez à de cruels sarcasmes.

DON EDUARDO

Je sais que son Altesse souffre avec impatience tout ce qui n'est pas elle.

FERRANTE

N'aimez-vous pas l'Infante, don Alvar ?

ALVAR GONÇALVÈS

Je l'aime extrêmement, et ce que je viens d'en dire est de ces petits traits que seule décoche la sympathie.

FERRANTE

J'aime que vous l'aimiez. Elle m'en est plus chère.

EGAS COELHO

Une menace, une promesse, une insolence, une courtoisie : cette balance est celle des affaires. Mais don Eduardo, dans la dépêche aux cortès, ne donne-t-il pas trop à la gracieuseté ? Cette lettre n'est pas assez énergique.

FERRANTE

Je répugne au style comminatoire, parce qu'il engage. Je préfère le style doucereux. Il peut envelopper tout autant de détermination solide que le style énergique, et il a l'avantage qu'il est plus facile de s'en dégager.]

ALVAR GONÇALVÈS

Nous sommes tous saisis d'admiration par la phrase de don Eduardo relative à la récolte de blé de l'an dernier. Sous la plume de don Eduardo, la contrevérité devient un véritable bonbon pour l'esprit.

DON EDUARDO

Ce n'est pas tout de mentir. On doit mentir efficacement. On doit mentir aussi élégamment. Hélas, que d'obligations imposées aux pauvres mortels ! Il faut être dans la mauvaise foi comme un poisson dans l'eau.

FERRANTE

Il ne faut pas être dans la mauvaise foi comme un poisson dans l'eau, mais comme un aigle dans le ciel. — Maintenant, messieurs, je vais vous apprendre une nouvelle qui sans doute vous surprendra : je suis décidé à traiter avec le roi d'Aragon.

EGAS COELHO

Après tout ce que vous avez dit ! Vos doutes ! Vos appréhensions !

FERRANTE

Ce que j'ai dit ne compte jamais. Seul compte ce que j'écris. Encore, bien entendu, est-ce une façon de parler. Ainsi j'ai été occupé toute la matinée à faire dans le projet du traité les trous par lesquels je compte m'évader de mes obligations. Hélas, à ce jeu on ne bat pas Fernand d'Aragon. Je ne sais où sa félonie arrivera à se glisser dans notre accord, pour le retourner contre moi, mais je sais qu'elle y parviendra. Je cherche en vain le défaut de l'armure, mais je suis certain qu'il existe, et qu'Aragon le trouvera.

EGAS COELHO

Alors, ne signez pas ! Examinons encore.

ALVAR GONÇALVÈS

Il y a déjà quatre mois que nous examinons.

FERRANTE

Puisqu'il fallait lui céder, du moins l'ai-je fait attendre.

EGAS COELHO

Sire, je vous en prie : avec de telles craintes, ne signez pas !

FERRANTE

J'ai conscience d'une grande faute ; pourtant je suis porté invinciblement à la faire. Je vois l'abîme, et j'y vais.

[EGAS COELHO

Arrêtez-vous !

FERRANTE

Il y a deux sortes de conseillers. Ceux qui n'ont pas d'opinion personnelle, et s'ingénient à prendre notre point de vue et à le soutenir, par courtisanerie. Et ceux qui ont une opinion personnelle, à quoi ils se tiennent, dont nous n'écoutons l'exposé qu'avec humeur, et faisant ensuite à notre tête. C'est dire que ces deux sortes de conseillers sont également inutiles. Et cependant, celui qui aime de prendre conseil a beau s'apercevoir qu'on le conseille toujours en vain, il prendra conseil jusqu'au bout. Pareillement, on peut connaître qu'un acte est pis qu'inutile, nuisible ; et le faire quand même. Cet exemple vous plaît-il ? Quoi qu'il en soit] ma décision est prise. Qu'on ne m'en parle plus.

ALVAR GONÇALVÈS

Après ces paroles, aurons-nous encore l'indiscrétion de conseiller Votre Majesté ?

FERRANTE

Je vous l'ordonne.

ALVAR GONÇALVÈS

Sur quelque sujet que ce soit ?

FERRANTE

Je vous entends : il s'agit de doña Inès. Non seulement vous pouvez me parler d'elle, mais je sollicite à son propos vos indications et vos avis.

EGAS COELHO

Il y a deux coupables : l'évêque de Guarda et doña Inès.

FERRANTE

Et don Pedro. Je n'aime pas votre crainte de le nommer.

EGAS COELHO

L'évêque est en prison : si tout va bien, nous aurons sa tête. Le Prince, votre fils, est gardé à vue. Doña Inès est libre.

FERRANTE

Doña Inès est la moins coupable. Il n'y aurait rien contre elle sans don Pedro et sans l'évêque.

EGAS COELHO

De toute évidence, il n'y aurait rien contre eux sans doña Inès. Votre Majesté nous demande notre avis. En notre âme et conscience, nous faisons le vœu que doña Inès ne puisse plus être à l'avenir une cause de trouble dans le royaume.

FERRANTE

Qu'elle soit emprisonnée ? Exilée ?

EGAS COELHO

Qu'elle passe promptement de la justice du Roi à la justice de Dieu.

FERRANTE

Quoi ! la faire mourir ! Quel excès incroyable ! Si je tue quelqu'un pour avoir aimé mon fils, que ferais-je donc à qui l'aurait haï ? Elle a rendu amour pour amour, et elle l'a fait avec mon consentement. L'amour payé par la mort ! Il y aurait grande injustice.

EGAS COELHO

L'injustice, c'est de ne pas infliger un châtiment mérité.

ALVAR GONÇALVÈS

Et les offenses publiques ne supportent pas de pardon.

FERRANTE

Le Prince et Inès sont également coupables. Mais Inès seule serait tuée !

ALVAR GONÇALVÈS

Tacite écrit : « Tous deux étaient coupables. Cumanus seul fut exécuté, et tout rentra dans l'ordre. »

FERRANTE

N'est-ce pas cruauté affreuse, que tuer qui n'a pas eu de torts ?

ALVAR GONÇALVÈS

Des torts ! Elle en a été l'occasion.

EGAS COELHO

Quand une telle décision ne vient pas d'un mouvement de colère, mais du conseil de la raison, elle n'est pas une cruauté, mais une justice.

FERRANTE

Oh! l'impossible position de la raison et de la justice!

EGAS COELHO

D'ailleurs, y aurait-il ici injustice, la création de Dieu est un monceau d'innombrables injustices. La société des hommes aurait-elle l'orgueil infernal de prétendre être plus parfaite?

FERRANTE

Je suis prêt à mettre doña Inès dans un monastère.

EGAS COELHO

Dont le Prince, en prison ou non, l'aura fait enlever avant trois mois.

FERRANTE

Je puis l'exiler.

EGAS COELHO

Où elle sera, elle sera un foyer de sédition. Le Prince groupera autour d'elle tous vos ennemis. Ils attendront votre mort, ou peut-être la hâteront, puisqu'il suffit de cette mort pour qu'Inès règne. Non : tout ou rien. Ou le pardon avec ses folles conséquences, ou la mort.

ALVAR GONÇALVÈS

Sans compter que — monastère ou exil — on penserait que Votre Majesté a eu peur de verser le sang. Ce qui conviendrait mal à l'idée qu'on doit se faire d'un roi.

FERRANTE

Si j'étais homme à me vanter du sang que j'ai
répandu, je rappellerais que j'en ai fait couler
assez, dans les guerres et ailleurs.

EGAS COELHO

Le sang versé dans les guerres ne compte pas.

FERRANTE

J'ai dit : et ailleurs. Il me semble que, sous mon
règne, les exécutions n'ont pas manqué.

EGAS COELHO

On dira que, ce coup, vous avez bien osé tuer un
ministre de Dieu ; mais non une femme, seulement
parce que femme.

[FERRANTE

La nature ne se révolte-t-elle pas, à l'idée qu'on
ôte la vie à qui la donne ? Et doña Inès, de
surcroît, est une femme bien aimable.

ALVAR GONÇALVÈS

D'innombrables femmes sont aimables.

EGAS COELHO

Plus d'un monarque a sacrifié au bien de l'État
son propre enfant, c'est-à-dire ce qu'il y avait de
plus aimable pour lui, et Votre Majesté hésiterait à
sacrifier une étrangère, une bâtarde qui a détourné
votre fils de tout ce qu'il doit à son peuple et à
Dieu ! Mais la question est encore plus haute. Des
centaines de milliers d'hommes de ce peuple sont
morts pour que les Africains ne prennent pas pied

au Portugal. Et vous seriez arrêté par la mort d'un
seul être !

FERRANTE

Il n'y a pas de proportion !

EGAS COELHO

Si doña Inès vous disait : « Pourquoi me tuez-
vous ? » Votre Majesté pourrait lui répondre :
« Pourquoi ne vous tuerais-je pas ? »]

FERRANTE

Je ne puis croire que la postérité me reproche de
n'avoir pas fait mourir une femme qui est inno-
cente quasiment.

EGAS COELHO

La postérité appellerait cet acte une clémence,
s'il se plaçait dans une suite d'actes énergiques.
Dans le cas présent, elle l'appellera une faiblesse.

FERRANTE

Que voulez-vous insinuer ?

EGAS COELHO

Je n'insinue pas, je parle en clair, couvert par
ma loyauté. Votre Majesté, à cette heure, non
seulement est faible réellement, sur certains
points, mais, sur d'autres, elle est obligée de
feindre la faiblesse, pour mieux tromper ses adver-
saires. De là que, partie à raison, partie à tort, le
royaume passe pour faible, et cette situation est
destinée à durer longtemps encore.

ALVAR GONÇALVÈS

J'ajoute que l'habitude de feindre la faiblesse risque de mener à la faiblesse même. Quand on a commencé à avaler quelques couleuvres, fût-ce par politique, on finit par les avaler toutes. On s'y est fait : la fibre s'est détendue.

FERRANTE

C'est pourtant la plus grande preuve de force, qu'accepter d'être dédaigné, sachant qu'on ne le mérite pas. Mais quoi ! est-ce que j'apparais si faible ?

EGAS COELHO

Voyez les faits : on ne peut nier que partout la position du Portugal soit en recul.

FERRANTE

Ô Infante humiliée, je suis plus pareil à vous que vous ne vous en doutez !

EGAS COELHO

Et que la foi dans la Couronne ne soit deçà delà compromise.

FERRANTE

Ma fille dans l'amertume affreuse.

EGAS COELHO

Un geste vous fait sortir de cet abaissement. Vous frappez le royaume de crainte et de respect. Le bruit s'en gonfle et passe la mer. Le désert en est étonné.

FERRANTE

Et je dresse contre moi mon fils, à jamais. Je détruis entre moi et lui toute possibilité de rémission, de réconciliation ou pardon aucun, irrévocablement.

EGAS COELHO

Non. Inès vivante et bannie, le Prince se rebellerait, parce que soutenu de l'espoir. Morte, lui qui ne veut pas se donner la peine de gouverner, il ne se donnera pas davantage la peine d'une révolte qui n'aurait d'objet que la seule vengeance. Tout passera ensemble, l'amour et le grief. Ce qui est effrayant dans la mort de l'être cher, ce n'est pas sa mort, c'est comme on en est consolé.

FERRANTE, *bas.*

Mon Dieu, ne lui pardonnez pas, car il sait ce qu'il fait.

DON EDUARDO

Et, s'il m'est permis de hasarder un avis bien modeste, je dirai que, si Votre Majesté redoute un éclat, laisser libre doña Inès, mais lui faire donner quelque viande qui ne soit pas de sa complexion, serait très à l'avantage de Votre Majesté.

FERRANTE

Hélas! nous sommes bien loin ici du Royaume de Dieu.

EGAS COELHO

Lequel, en effet, n'a rien à voir dans notre propos.

FERRANTE

C'est un simple soupir qui m'échappait en passant.

EGAS COELHO

Un seul acte, Seigneur, vous délivrera de tous les soupirs.

FERRANTE

Voire. La tragédie des actes. Un acte n'est rien sur le moment. C'est un objet que vous jetez à la rivière. Mais il suit le cours de la rivière, il est encore là, au loin, bien au loin, toujours là ; il traverse des pays et des pays ; on le retrouve quand on n'y pensait plus, et où on l'attendait le moins. Est-ce juste, cette existence interminable des actes ? Je pense que non. Mais cela est.

EGAS COELHO

[On s'y trompe, Seigneur. La mort de doña Inès, qui maintenant vous tourmente, c'est elle qui vous rendra libre. En cette occasion, la femme est comme la poule : tuez-la et elle vous nourrit.] Les actes ne demeurent pas autant qu'on le croit. Combien de vos actes, après avoir rempli l'objet que vous attendiez, se sont desséchés, ont perdu leur venin, sont désormais aussi inoffensifs qu'un serpent mort rongé par les fourmis.

[ALVAR GONÇALVÈS

En outre, à partir d'un certain âge, il n'y a plus intérêt à faire les choses par une lente intrigue : on risque de n'en pas voir le bout. Vive alors un acte prompt, dont on peut jouir dans son entier.

EGAS COELHO]

Et n'est-il pas insensé que des hommes acceptent de peiner, de souffrir, d'être ligotés par une situation inextricable, seulement parce qu'un être est vivant, qu'il suffirait de supprimer pour que tout se dénouât, tandis que des milliards d'êtres meurent, dont la mort est inutile, ou même déplorable ? On tue, et le ciel s'éclaircit. En vérité, il est stupéfiant que tant d'êtres continuent à gêner le monde par leur existence, alors qu'un meurtre est chose relativement si facile et sans danger.

FERRANTE

[S'il en est ainsi, cette facilité est une faiblesse, qui serait à ajouter à celles que vous croyez voir en moi. C'est une faiblesse que faire la chose la plus rapide, la plus brutale, celle qui demande le moindre emploi de l'individu. Ainsi il y a des galants qui préfèrent brusquer une femme inconnue, au risque d'en recevoir un soufflet, à lui adresser la parole : on les prend pour des forts, et ce sont des timides.] Quoi qu'il en soit, je ne regrette pas que vous m'ayez parlé avec tant d'ouverture. A tout cela je réfléchirai.

Il se lève.

EGAS COELHO

Que Dieu assiste Votre Majesté et dirige son cœur.

Tous se lèvent.

FERRANTE, *appelant.*

Holà ! un page ! *(Bas, au page Dino del Moro, qui est entré.)* Va mander doña Inès de Castro, et qu'elle attende dans la salle d'audience. *(A Egas Coelho.)* Vous, restez un instant.

Les autres sortent.

SCÈNE II

FERRANTE, EGAS COELHO

FERRANTE

Pourquoi voulez-vous tuer doña Inès ?

EGAS COELHO

Mais... pour toutes les raisons que nous venons de dire à Votre Majesté.

FERRANTE

Non, il y en a une autre. Vous êtes trop vif sur cette affaire. Vous y mettez trop de pointe. Pourquoi voulez-vous tuer doña Inès ?

EGAS COELHO

Que ma bouche se remplisse de terre si j'ai parlé en vue d'autre chose qu'un surcroît de grandeur chez Votre Majesté.

FERRANTE

Assez de miel : je veux régner sur des hommes debout, non sur des hommes prosternés. Et puis, il y a toujours sur le miel qu'on m'offre une abeille pour me piquer. Pourquoi voulez-vous tuer doña

Inès ? Vous avez un secret. Je veux voir ce que
vous êtes, après ce que vous faites paraître.

EGAS COELHO

Seigneur, que dire de plus que...

FERRANTE

Il y a un secret ! Il y a un secret ! Un homme de
votre âge ne réclame pas si âprement la mort d'une
femme jeune, et belle, et douce, sans un secret.
Doña Inès vous a rebuté ? Vous êtes beau, pourtant, vous aussi. Élégance, aisance, de tout cela
vous n'avez que trop. Vous êtes ondoyant comme
une flamme, comme une de ces mauvaises
flammes qu'on voit se promener sur les étangs
pourris, et qui s'éteignent quand on veut les
toucher.

EGAS COELHO

Que Votre Majesté demande à ses informateurs
si j'ai vu doña Inès plus de trois fois en ma vie, et si
je me soucie d'elle.

FERRANTE

Alors ? — Ce n'est pas un secret contre moi, au
moins ? — Je veux savoir ce que vous cachez. Je
vous poursuis, et ne vous trouve pas. Regardez-
moi dans les yeux.

EGAS COELHO

Je vous regarde dans les yeux, et mon visage est
clair.

FERRANTE

Oui, vous me regardez dans les yeux, mais
croyez-vous que je ne vous voie pas serrer les

poings, de votre tension pour que vos yeux ne se
dérobent pas ? Et votre visage est clair. Mais
croyez-vous que je ne sache pas ce qu'il peut y
avoir derrière un visage clair ?

EGAS COELHO

Que Votre Majesté me donne sa main à baiser.

FERRANTE

Baisons la main que nous ne pouvons couper.

EGAS COELHO

Grand Roi, notre chef et notre père...

FERRANTE

Je vous ferai brûler la langue, si vous me léchez
encore. La houle finit par abattre les murs qu'elle a
trop léchés. Un de mes Grands, qui est venu tard à
la cour, m'a dit que, le jour où il avait découvert
l'hypocrisie, il avait rajeuni de dix ans, tant c'était
bon. Est-ce vrai ?

EGAS COELHO

J'ignore.

FERRANTE

Ah ! c'est bon, n'est-ce pas ? d'être fourbe. On
se sent vivre ! N'est-ce pas ? *(Geste « J'ignore ! »
d'Egas.)* Il y a en vous quelque chose qui
m'échappe, et cela m'irrite. J'aime qu'un homme
soit désarmé devant moi comme le serait un mort.
Il y a en vous une raison ignoble, et je veux la
percer. C'est entendu, il me plaît qu'il y ait un peu
de boue chez les êtres. Elle cimente. En Afrique,
des villes entières ne sont bâties que de boue : elle

les fait tenir. Je ne pourrais pas être d'accord longtemps avec quelqu'un qui serait tout à fait limpide. Et d'ailleurs, tout vice que le Roi approuve est une vertu. Mais, lorsqu'il y a une raison ignoble, si je ne la blâme pas, je veux la savoir. Elle m'appartient. Je veux savoir la vôtre.

EGAS COELHO

J'étais né pour punir.

FERRANTE

Il y a autre chose.

EGAS COELHO

Ce que Votre Majesté croira, je le croirai moi aussi, puisqu'Elle ne peut se tromper.

FERRANTE

Debout! homme, debout! On est tout le temps à vous relever. Vous êtes tout le temps à genoux, comme les chameaux des Africains, qui s'agenouillent à la porte de chaque ville. Ah! quand je vois ce peuple d'adorants hébétés, il m'arrive de me dire que le respect est un sentiment horrible. Allons, parlez. Pourquoi voulez-vous tuer Inès de Castro?

EGAS COELHO

Si Votre Majesté me bouscule ainsi, je dirai n'importe quoi : est-ce cela qu'Elle veut? Je répète que j'ai parlé.

FERRANTE

C'est tout? *(Silence.)* Eh bien? *(Silence.)* Un jour vous serez vieux vous aussi. Vous vous relâcherez. Vos secrets sortiront malgré vous. Ils sortiront par votre bouche tantôt trop molle et tantôt trop crispée, par vos yeux trop mouvants, toujours volant à droite et à gauche en vue de ce qu'ils cherchent ou en vue de ce qu'ils cachent. *(Silence.)* [Vous me léchez et vous me trompez ensemble : les deux, c'est trop. *(Silence.)*] Je sais qu'en tout vous avez vos raisons, et ne regardez qu'elles, plutôt que mon service, et que ce sont des raisons ignobles, mais je vous fais confiance quand même. Cela est étrange, mais il n'y a que des choses étranges par le monde. Et tant mieux, car j'aime les choses étranges. Ou plutôt je sais bien pourquoi je vous aime : parce que vous avez su capter ma confiance sans la mériter, et j'aime les gens adroits. Je vous fais confiance, oui, fors sur ce point-ci. Je ne tuerai pas Inès de Castro. *(Silence.)* Vous avez entendu ? Je ne tuerai pas doña Inès. — Pour sortir, passez par mon cabinet. Vous y prendrez ma sentence contre l'évêque de Guarda. Vous voulez un mort ? Vous avez l'évêque. Saoulez-vous-en. *(A part.)* Ô Royaume de Dieu, vers lequel je tire, je tire, comme le navire qui tire sur ses ancres ! Ô Royaume de Dieu ! *(Appelant.)* Pages ! *(Désignant les tables.)* Enlevez ces tables. Elles m'écœurent.

> *Ferrante sort vers son cabinet. Seuls, les pages se mettent en devoir d'enlever la table.*

PREMIER PAGE, *bouffonnant.*

Nous, par la grâce de Dieu, sublime monarque, taratata taratata...

SECOND PAGE, *de même.*

Que sa grandissime Majesté daigne avoir pour agréable... taratata taratata...

TROISIÈME PAGE
[DINO DEL MORO], *de même.*

Dominus vobiscum adjutorium nostrum... taratata taratata...

FERRANTE, *qui est rentré seul, et les a vus.*

Ainsi notre proverbe est vrai : « Les petits
garçons jouent derrière l'autel. » Vous ne pouvez
donc pas rester un instant sans faire de bêtises ?

PREMIER PAGE

Non, que Votre Majesté nous pardonne, nous
ne le pouvons.

FERRANTE

Comment ! Vous ne le pouvez !

PREMIER PAGE

Dieu nous a faits ainsi.

FERRANTE

Eh bien ! alors, si Dieu... Sans doute faut-il le
trouver bon. Faites entrer doña Inès de Castro.
(Les pages enlèvent la table.) Au moins ne renver-
sez pas l'écritoire : Dieu n'en demande pas tant.

PREMIER PAGE

Et que se passerait-il si nous renversions l'écritoire ?

FERRANTE, *surveillant la table.*

Voulez-vous faire attention !

PREMIER PAGE

Est-ce que nous serions pendus ? *(Avec une mimique bouffonne.)* Oh ! on va être pendus ! Couic ! Couic !

FERRANTE

Mes pauvres enfants, vous êtes encore plus stupides que les singes, dont on dit trop de bien.

SCÈNE III

FERRANTE, INÈS

FERRANTE

Louez Dieu, doña Inès : mes pages n'ont pas renversé l'écritoire sur votre robe, — sur votre belle robe. Vous les avez entendus, comme ils rient : un jour de leur vie s'est écoulé, et ils ne le savent pas. [Ils n'ont pas plus peur de moi que n'en avait peur mon fils à leur âge. Ils me heurtent quelquefois par leur trop de franchise, mais quand ils seront hommes, c'est-à-dire hypocrites, je regretterai l'époque de leur franchise.] Leur rôle ici n'est pas ce que l'on pense : il est de me guérir de mes Grands. Je viens d'avoir conseil avec deux de ceux-ci. [Les Africains disent que celui qui a autour de lui beaucoup de serviteurs a autour de lui beaucoup de diables. J'en dirais autant des ministres. Ils sont là à vivre de ma vieille force comme un plant de lierre d'un tronc d'arbre rugueux. Des coquins qui m'enterreront ! Mon premier ministre est un diable merveilleux. Il m'a joué à moi-même quelques tours, mais avec un art infini. Aussi lui ai-je pardonné. Seulement, sur qui m'appuyer ? Sur les ennemis de mes ennemis ? Eux aussi sont mes ennemis. Il n'y a que les imbéciles pour savoir servir et se dévouer : les seuls qui me sont dévoués sont des incapables. Des affaires de poids traitées par des gens légers, des avis sollicités avec la ferme intention de ne pas les suivre, des réunions d'information où personne ne sait rien, des débats suspendus sans conclure parce qu'il est l'heure d'aller souper, des décisions prises au hasard ou pour sauver des niaiseries d'amour-propre, des indignations justes mais chez des hommes qui sont aussi corrompus que ceux qui les indignent, voilà, depuis trente-cinq ans, ce que je vois au gouvernement.

INÈS

S'il en est ainsi, Seigneur, cela n'est sans doute pas particulier à notre royaume.

FERRANTE

Non. Dieu merci, on se dit que cela doit être la même chose en face. C'est ce qui permet de continuer. Et le règne est comme la charité : quand on a commencé, il faut continuer. Mais cela est lourd, quelquefois. *(Désignant la fenêtre.)* Regardez ce printemps. Comme il est pareil à celui de l'an dernier ! Est-ce qu'il n'y a pas de quoi en mourir d'ennui ? Et c'est Dieu qui a créé cela ! Il est bien humble.

INÈS

C'est toujours la même chose, et pourtant il me semble que c'est toujours la première fois. Et il y a aussi des actes qui sont toujours les mêmes, et pourtant, chaque fois qu'on les fait, c'est comme si Dieu descendait sur la terre.

FERRANTE

Pour moi, tout est reprise, refrain, ritournelle. Je passe mes jours à recommencer ce que j'ai déjà fait, et à le recommencer moins bien. Il y a trente-cinq ans que je gouverne : c'est beaucoup trop. Ma fortune a vieilli. Je suis las de mon royaume. Je suis las de mes justices, et las de mes bienfaits ; j'en ai assez de faire plaisir à des indifférents. Cela où j'ai réussi, cela où j'ai échoué, aujourd'hui tout a pour moi le même goût. Et les hommes, eux aussi, me paraissent se ressembler par trop entre eux. Tous ces visages, ensemble, ne composent plus pour moi qu'un seul visage, aux yeux d'ombre, et qui me regarde avec curiosité. L'une après l'autre, les choses m'abandonnent ; elles s'éteignent, comme ces cierges qu'on éteint un à un, à intervalles réguliers, le jeudi saint, à l'office de la nuit, pour signifier les abandons successifs des amis du Christ. Et bientôt, à l'heure de la mort, le contentement de se dire, songeant à chacune d'elles : « Encore quelque chose que je ne regrette pas. »

INÈS

« Bientôt »!... Mais Votre Majesté a devant Elle de longues années de vie.

FERRANTE

Non. Bientôt mon âme va toucher la pointe extrême de son vol, comme un grand aigle affamé de profondeur et de lumière. En un instant, j'apparaîtrai devant mon Dieu. Je saurai enfin toutes choses...

INÈS

Sire, si c'est votre conseil des ministres qui a mis en Votre Majesté ces pensées funèbres, je voudrais me jeter à genoux pour remercier Dieu de ne m'être mêlée jamais à ces hommes-là.]

FERRANTE

Savez-vous ce qu'ils souhaitent ? Une politique d'intimidation contre don Pedro et contre vous. L'Infante, hélas, repart demain. Elle me laisse seul et dans ces salles souffletées de tous côtés par son génie, me rongeant de n'avoir pu retenir ce gerfaut à cause de vous et de vos sentimentalités. Et pourtant je ne vous en veux pas. L'Infante est une fille inspirée et fiévreuse : elle a été bercée sur un bouclier d'airain ; vous, on dirait que vous êtes née d'un sourire... Mais il n'est pas dit qu'elle m'échappe à jamais. Le mariage de don Pedro et de l'Infante pourrait avoir lieu dans quelques semaines ou quelques mois, si le Pape acceptait de donner l'annulation, et si don Pedro y consentait. Et mes Grands voudraient que j'obtienne ce consentement en sévissant contre le Prince et contre vous. S'ils en avaient l'audace — que bien entendu ils n'ont pas, — ils me demanderaient votre tête. Ils sont acharnés après moi comme les chiens après le taureau. Je résiste ; alors ils m'accusent d'être pusillanime. Comme par hasard, le dominicain qui parlait hier soir à ma chapelle a fait un sermon sur la fermeté ! [Il est vrai, je n'estime rien tant chez un homme que la modération dans l'exercice d'un pouvoir quel qu'il soit. Il est parfois

moins admirable d'user de son pouvoir, que de se
retenir d'en user. Joint que la sensation d'un
pouvoir dont on n'use pas est sans doute une des
plus fines qui soient au monde. Mais cela est pris
pour faiblesse, et il faut supporter d'être dédaigné
à tort, ce qui est la chose du monde la plus pénible
à supporter.]

INÈS

Sire, si rigoureux que me paraisse le châtiment
infligé à don Pedro, je comprends mieux maintenant qu'il pourrait l'être davantage, et je vous
rends grâce pour votre bonté.

FERRANTE

Pas de gratitude ! Restez naturelle. Et puis, je
vous en prie, ne me parlez pas de ma bonté. Il me
passe quelquefois sur l'âme un souffle de bonté,
mais cela est toujours court. Je ne suis pas bon,
mettez-vous cela dans la tête. Je suis comme les
autres : il arrive que je voie un serpent darder hors
de moi sa tête brillante. Ce n'est pas par bonté que
je ne punis pas plus rudement le Prince, c'est par
raison : parce qu'un âne a fait un faux pas, devrait-
on lui couper la jambe ? Ce n'est pas par bonté
que, vous, je ne fais rien contre vous, c'est surtout
par politique. Comprenez bien ma situation. J'ai à
obtenir deux choses. D'abord, que le Pape annule
votre mariage. A Rome, tout s'achète, c'est
entendu ; mais le Pape est passionné contre moi, et
il est comme les autres hommes : il préfère ses
passions à ses intérêts. Malgré tout, naturellement,
je vais chercher à négocier. Ensuite, il me faut
amener don Pedro à accepter d'épouser l'Infante,
si Rome annule. Pouvez-vous m'y aider ?

INÈS

Oh ! Sire, que cela m'est dur ! Tant de tendresse présentée devant Dieu, et qui serait...

FERRANTE

Ne me parlez pas de tendresse. Il y a longtemps que ces sentiments-là ont cessé de m'intéresser. Soyez raisonnable ; vous avez tout à y gagner. Allez voir Pedro, et tâchez de le convaincre.

INÈS

Le voir ?

FERRANTE

Oui, je vous y autorise.

INÈS

Ah, Sire, merci ! Que vous me faites plaisir ! Que vous me faites plaisir !

FERRANTE

Modérez-vous. Il ne faut jamais avoir plaisir si vite.

INÈS

Quand ? Demain ? [Toute ma vie se rouvre, comme la queue d'un paon qui se déploie.]

FERRANTE

Demain. A la porte du château de Santarem. Des gardes se tiendront à distance.

INÈS

Ne pourrai-je entrer au château, et rester seule un instant avec lui ?

FERRANTE

Non. Dehors. Et gardés à vue. Demandez-lui s'il est prêt à prendre l'engagement sacré d'épouser l'Infante, si Rome donne la dispense, et je relâcherai du tout ma rigueur. Je regrette de devoir poser des conditions. Les nécessités du règne m'ont forcé de me faire à ce langage.

INÈS

Mais vous, ne voulez-vous pas le voir ?

FERRANTE

Devant lui, la patience me sortirait par tous les pores. D'ailleurs, nous vivons, moi et lui, dans des domaines différents. Sa présence m'ennuie et m'est à charge. Oh ! ne croyez pas qu'il soit amer de se désaffectionner. Au contraire, vous ne savez pas comme c'est bon, de sentir qu'on n'aime plus. Je ne sais ce qui est le meilleur : se détacher, ou qu'on se détache de vous.

INÈS

Se détacher de son enfant !

FERRANTE

Mais oui, pourquoi pas ? Vous l'éprouverez un jour avec Pedro, vous aussi. Les amours sont comme ces armées immenses qui recouvraient hier la plaine. Aujourd'hui on les cherche : elles se sont dissipées.

INÈS

Pas le nôtre.

FERRANTE

La plupart des affections ne sont que des habi-
tudes ou des devoirs qu'on n'a pas le courage de
briser.

INÈS

Pour son fils !

FERRANTE

Que m'importe le lien du sang ! Il n'y a qu'un
lien, celui qu'on a avec les êtres qu'on estime ou
qu'on aime. Dieu sait que j'ai aimé mon fils, mais
il vient un moment où il faut en finir avec ce qu'on
aime. On devrait pouvoir rompre brusquement
avec ses enfants, comme on le fait avec ses
maîtresses.

INÈS

Mais vous l'aimez encore, voyons !

FERRANTE

Il ne le mérite pas.

INÈS

Oh ! si on se met à calculer ce que les êtres
méritent !

FERRANTE

Tout ce que j'ai fait pour lui me retombe sur le
cœur. Mettons que je l'aime assez pour souffrir de
ne pas l'aimer davantage. Il me donne honte de
moi-même : d'avoir cru jadis à mon amour pour
lui, et de n'être pas capable d'avoir cet amour.
Allez maintenant, doña Inès. Quand vous aurez vu
don Pedro, vous reviendrez me voir. Vous me

direz s'il est bien triste, s'il sent bien la pointe de la punition que je lui fais. A moins que vous ne me disiez qu'il consent, et alors vous me feriez une joie immense. Faites-la-moi : j'en ai grand besoin. Adieu.

SECOND TABLEAU

Le seuil (à l'extérieur) du château de Santarem. Site agreste.

SCÈNE IV

INÈS, PEDRO

INÈS, *se jetant dans ses bras.*

Ne parle pas ! Ne parle pas ! Mon Dieu, assistez-moi dans ce bonheur suprême ! Il me semble que désormais je ne pourrai plus avoir de bonheur qui ne soit voisin de la folie…

PEDRO

Inès, si tu…

INÈS

Ne parle donc pas ! Cet instant qui n'existera peut-être jamais plus. Ensuite, prête à tout subir. Mais que cet instant ne me soit pas retiré. Un instant, un petit instant encore, que je repose sur l'épaule de l'homme, là où l'on ne meurt pas. *(Repos.)* Être là, et que cela soit permis, et se dire que la terre peut porter de pareilles choses, et que cependant le mal et la mort continuent d'exister, et qu'il faudra mourir soi aussi !

PEDRO

Ces soldats qui nous observent...

INÈS

[Voilà les hommes : toujours à craindre le ridicule, et à le craindre là où il n'est pas. Les soldats nous regardent ? Eh bien ! Qu'ils nous regardent, qu'ils s'en emplissent les yeux. Qu'ils regardent et qu'ils disent si, eux, ils savent aimer comme cela. *(Repos.)* Est-ce ton cœur qui bat si fort, ou le mien ?

PEDRO

Le nôtre.

INÈS

Je voudrais donner ma vie pour toi. Tu ris ! Comment peux-tu rire ?

PEDRO

De te voir si amoureuse. Tu t'es jetée sur moi comme le loup sur l'agneau !

INÈS

Et dire que je suis restée une heure étendue sur mon lit, avant de venir, pour être maîtresse de moi quand tu apparaîtrais ! Quelles journées je viens de vivre ! Ton nom prononcé dans ma solitude, prononcé dans mes rêves. Clouée comme par une flèche. Et je regardais le ciel et je criais : « Ah ! un peu moins de ciel bleu, et le corps de l'homme que j'aime ! » ; je me relevais pour aller à la fontaine (cette eau si fraîche, mon seul soutien de toute la journée), ou bien pour cueillir une fleur que je rapportais dans ma chambre, afin qu'elle me tînt compagnie. Et voilà que je t'ai retrouvé. Et j'ai retrouvé l'odeur de tes vêtements... Quand je t'ai vu, mon cœur a éclaté. Ah ! laisse-moi boire encore. Que je te tienne dans ma bouche comme font les féroces oiseaux quand ils se possèdent en se roulant dans la poussière.

PEDRO

Ces soldats sans cesse à nous épier...]

INÈS

Eh bien ! qu'ils tirent donc, avec leurs escopettes ! Car j'accepterais de mourir, moi et ce que je porte en moi, oui j'accepterais de mourir si la mort devait me fixer à jamais dans un moment tel que celui-ci. Non, tu ne peux savoir ce qu'ont été ces quatre jours. Il y a une façon brave et presque provocante de recevoir le premier assaut du destin. Et puis, peu à peu, cela vous ronge. C'est le troisième jour qu'il faut voir un être qui a été frappé. Après trois jours, j'ai commencé à être en sueur la nuit, et à m'apercevoir qu'en ces trois jours j'avais maigri. Et quand j'ai été devant ton père, j'ai été aussi faible que tu l'avais été. Tu n'avais pas osé lui parler de notre mariage. Je n'ai pas osé lui parler de notre enfant. Et je ne sais comment j'ai pu m'en taire, car j'aime tant de parler de lui.

PEDRO

Que devient ce fameux petit garçon ?

INÈS

Le jour, il ne me préoccupe pas trop. C'est la nuit... Il est au chaud de mon cœur, et je voudrais me faire plus chaude encore pour l'abriter mieux. Parfois il bouge, à peine, comme une barque sur une eau calme, puis soudain un mouvement plus vif me fait un peu mal. Dans le grand silence, j'attends de nouveau son petit signe : nous sommes complices. Il frappe timidement ; alors je me sens fondre de tendresse, parce que tout à coup je l'avais cru mort, lui si fragile. Je souhaite qu'il ne cesse pas de bouger, pour m'épargner ces minutes d'angoisse où je m'imagine qu'il ne bougera jamais plus. Et pourtant ce sont ces minutes-là qui rendent possible la joie divine de sa vie retrouvée.

PEDRO

Que le dur monde où il va aborder ne le traite pas en ennemi, lui qui n'est l'ennemi de personne. Que la profonde terre l'accueille avec douceur, lui qui ne sait rien encore de ses terribles secrets. Mais, dis-moi, comment le Roi t'a-t-il permis de venir me voir ?

INÈS

Il voudrait... Mais moi je ne veux pas !

PEDRO

Quoi ?

INÈS

Que j'obtienne ta promesse d'épouser l'Infante, si le Pape donne l'annulation. Mais moi je ne veux

pas, je veux que tu restes à moi seule. Est-ce que
tu m'aimes ?

PEDRO

Je t'aime comme le soleil aime le sable. Je
t'aime, et aussi j'aime t'aimer.

INÈS

Alors, je t'ai manqué ?

PEDRO

Ô femme folle ! Soyons sérieux. Mon père t'a-t-
il traitée doucement ?

INÈS

Fort doucement. Il m'a parlé avec un abandon
extrême. [Il était amer parce qu'il y a sans cesse
des gens qui lui traversent l'esprit contre nous, et
aussi parce qu'il est fatigué du trône. Comme,
pour venir à lui, toutes ces grandes salles désertes
évoquent bien la solitude qui doit être celle du
pouvoir ! Et comme la lamentation intérieure y
doit résonner plus fort, retentir comme le pas sur
les dalles !] Il m'a priée de bien observer si tu avais
l'air triste, mais je crois sentir que, lorsqu'il est
sévère, il se force, et qu'il est par nature bienveil-
lant et généreux.

PEDRO

Il a fait pourtant des actes horribles.

INÈS

Il y avait sans doute des raisons.

PEDRO

Oh ! il y a toujours des raisons. Mais vouloir définir le Roi, c'est vouloir sculpter une statue avec l'eau de la mer.

INÈS

[Il m'a dit aussi un peu de mal de toi. Mais, quand on me dit du mal de toi, cela ne me peine pas. Au contraire, il me semble que je t'en aime davantage, que tu en es davantage à moi seule. Non, ce n'est pas de lui que j'ai peur.] Toute notre destinée dépend de lui, et de lui uniquement. Et cependant la peur que j'ai est une peur confuse, et qui ne provient pas de lui en particulier.

PEDRO

Quelle crainte ne sera pas sortie de ce cœur si triste ! Quoi, maintenant encore, dans mes bras !

INÈS

Je songe à l'instant où je vais te quitter.

PEDRO

Inès, toujours dans le passé ou l'avenir ! Toujours à me regarder comme si c'était la dernière fois. Tiens, qu'y a-t-il ? Nos gardiens s'agitent...

INÈS

Mais tu ne penses donc qu'à eux ! Si tu m'aimais vraiment, tu ne les verrais pas.

PEDRO

Tu as entendu ? Un bruit de chevaux sur la route.

INÈS

Ah ! assez ! assez ! Deux êtres ne peuvent donc
pas s'étreindre sans qu'il y ait des hommes qui se
dressent et qui leur disent : « Non » ? Je ne
bougerai pas.

PEDRO

Les soldats reviennent sur nous...

INÈS

Attends, ma mort, attends. Que d'abord je sois
satisfaite. Je ne bougerai pas. Quand ce serait
Dieu lui-même qui apparaîtrait dans ce buisson.

PEDRO

L'Infante !

INÈS

Elle ! Ici ! Sans doute, poussée par le Roi, elle
vient avant de partir te demander à son tour cet
engagement. Elle vient t'arracher à moi. Ne lui
parle pas. Rentre dans le château et refuse de la
recevoir. D'ailleurs, s'il le faut, c'est moi qui lui
barrerai le passage.

Les soldats entourent le Prince et le ramènent
au château.

SCÈNE V

INÈS, L'INFANTE

L'INFANTE, *à la cantonade, vers ses gens.*

Restez à distance, je vous prie, et attendez-moi.
(A Inès.) Doña Inès de Castro !

INÈS, *toutes griffes dehors.*

Votre Altesse !

L'INFANTE

Vous croyez que je suis venue voir le Prince. Pas du tout, c'est vous que je cherche. Vous avez vu le Roi, hier ?

INÈS

Oui, Princesse.

L'INFANTE

Quelle impression vous a-t-il faite ? *(Geste vague, prudent, d'Inès.)* Eh bien, je vais vous le dire. La chaîne de vos médailles a appuyé sur votre cou, et l'a marqué d'une raie rouge. C'est la place où vous serez décapitée.

INÈS

Dieu !

L'INFANTE

Les princes mettent des lions sur leurs armoiries, sur leurs oriflammes. Et puis un jour ils en trouvent un dans leur cœur. Vous avez vu son visage vert ? On dirait quelqu'un qui a oublié de se faire enterrer. Et avec cela les yeux lourds des lions. Le Roi souffre de bientôt mourir : or, c'est à la fin du combat de taureaux que le taureau est le plus méchant. Oh ! je ne dis pas que le Roi ait la volonté nette de vous faire tuer. Il est comme sont les hommes : faible, divers, et sachant mal ce qu'il veut. Mais une pensée dangereuse comme une lame a été glissée dans son esprit, et il ne l'a pas repoussée aussi vivement qu'il eût dû.

INÈS

Comment le savez-vous ?

L'INFANTE

Un des pages a parlé.

INÈS

Un des pages !

L'INFANTE

Quelqu'un à moi s'est occupé des pages qui étaient hier à la porte du conseil, ou plutôt d'une petite réunion tenue entre le Roi, Alvar Gonçalvès et Egas Coelho. Deux des pages ne savaient rien, ou n'ont rien voulu dire. Le troisième, le plus jeune, avait écouté, et bien écouté.

INÈS

Le plus jeune ! Celui qui est si beau !

L'INFANTE

Un jeune démon est toujours beau.

INÈS

Et il a parlé ? Mais... par étourderie, n'est-ce pas ?

L'INFANTE

Non, par passion.

INÈS

Quelle horreur !

L'INFANTE

Vous voulez dire : chance bénie ! Donc, Egas Coelho et Alvar Gonçalvès ont demandé votre mort. Le Roi aurait pu couper court, d'un non énergique. Mais ils ont discuté interminablement. « Comme des avocats », dit le page. A la fin, le Roi a dit : « J'y réfléchirai. » Ensuite il est resté seul avec Egas Coelho, mais le page était parti vous chercher.

INÈS

« J'y réfléchirai »... Ce n'est pas un arrêt de mort... Le Roi, dans toute cette affaire, m'a traitée avec tant d'ouverture...

L'INFANTE

Mon père dit du roi Ferrante qu'il joue avec sa perfidie comme un bébé joue avec son pied.

INÈS

« J'y réfléchirai »... Il a peut-être voulu se donner du champ.

L'INFANTE

Doña Inès, doña Inès, je connais le monde et ses voies.

INÈS

Oh ! oui, vous les connaissez. Penser qu'en trois jours, vous, une étrangère, et si jeune, vous apprenez de tels secrets. Moi, j'aurais pu vivre des années au palais, sans savoir ce qu'on y disait de moi.

L'INFANTE

J'ai été élevée pour le règne.

INÈS

Et don Pedro, le Roi a-t-il parlé de lui ?

L'INFANTE

Selon le page, Ferrante n'a pas parlé de son fils. Et maintenant, doña Inès, je vous dis : je repars demain, profitant de ce que les vents sont favorables. Regardez : un nuage en forme d'aile ! il vole vers la Navarre. Et des nuages moutonnants : ils paissent vers ma Navarre, toujours mouvante de troupeaux. Oui, demain, à cette heure, si Dieu veut, je fendrai la mer ténébreuse : avec quelle véhémence les flots se rebelleront devant mon étrave, et puis s'abaisseront étonnés, comme s'ils savaient qui je suis ! Ma Navarre ! Je désire tant la retrouver que j'appréhende presque ce que j'y retrouverai. Eh bien ! je vous propose de venir avec moi. Vous ferez partie de ma maison. Vous ne serez pas en sûreté tant que vous serez au Portugal. Mais, dès l'instant que je vous prends sous mon manteau, le Roi n'osera pas vous toucher : m'offenser une seconde fois, jamais ! Seulement, il faut vous décider tout de suite, et laisser en l'état votre Mondego. Je sais, les gens préfèrent mourir, à quitter leurs affaires ou à se donner la peine de les mettre en ordre promptement. Mais il faut voir ce qui importe pour vous, si c'est le Mondego, ou si c'est d'être vivante. Suivez-moi donc en Navarre, et attendez. Ou le Roi mourra, et vous reviendrez et régnerez. Ou le Roi fera périr son fils...

INÈS

Oh !

L'INFANTE

Pardonnez-moi !

INÈS

Mais qui peut vous faire croire...

L'INFANTE

Je ne crois pas que Ferrante y songe aujour-d'hui. Mais [aujourd'hui et demain ne sont pas fils de la même mère, et moins que jamais sous le coup du Roi. Il est naturellement incertain, et son art est de faire passer son incertitude pour politique. Il noie le poisson par hésitation et inconsistance, mais il arrive à déguiser cette noyade en calcul profond. Il affirme les deux choses contraires, à la fois spontanément, parce qu'il est irrésolu, et systématiquement, afin de brouiller ses traces. Il mélange avec danger des éléments inconciliables ; nul ne sait ce qu'il pense, mais c'est parce qu'il n'a pas de pensée précise, hormis, quelquefois, sur son intérêt immédiat.] Combien de temps croira-t-il de son intérêt immédiat d'épargner don Pedro et vous ?

INÈS

Je suis bouleversée. Mais, du moins, sachez ma gratitude... Que ce soit vous !

L'INFANTE

Il y a deux gloires : la gloire divine, qui est que Dieu soit content de vous, et la gloire humaine, qui est d'être content de soi. En vous sauvant, je conquiers ces deux gloires. Et notamment la seconde, car la nature m'ordonnerait plutôt de vous haïr. Mais je fais peu de cas de la nature.

INÈS

Certes, Madame, car à votre place...

L'INFANTE

Vous vous oubliez, doña Inès. Personne ne peut se mettre à ma place.

INÈS

Pardonnez-moi, Infante. Il est vrai, votre rang...

L'INFANTE

Où je suis, il n'y a pas de rang. Doña Inès, je vous tiens quitte de vos honnêtetés : vous n'y êtes pas heureuse. Mais quoi, vous êtes charmante ainsi. [Apprenez que je n'ai jamais eu contre vous de jalousie. Je n'étais même pas curieuse de vous connaître. Tant don Pedro m'est indifférent. On me disait : « Elle est belle », mais je pensais : « Moi, je suis grande. Et ce qui est beau n'a jamais pu égaler ce qui est grand. » Puis on me dit : « Elle est pleine de douceur pour tous », et j'aimais ces mots. Je les traduisais, dans mon langage à moi : elle est l'amie de toutes les choses douces de la terre. On me cita ce trait : que, depuis des années, vous vous laissez coiffer on ne peut plus mal par votre coiffeur, pour ne pas lui faire de peine en le renvoyant. *(Inès porte la main à ses cheveux.)* Mais non, vous n'êtes pas si mal coiffée. Vous êtes coiffée par les mains de la Charité, c'est merveilleux !

INÈS

C'est que j'ai parfois besoin de laisser reposer mes cheveux. Alors, pendant une journée, je me coiffe en chignon. Seulement, cela donne un pli...

L'INFANTE

Vos cheveux sont très bien, je vous assure ; ne vous en tourmentez plus. J'appris enfin que jus-

qu'à vingt-quatre ans vous aviez vécu en Espagne :
alors je ne me suis plus étonnée de votre mérite. Et
que vous étiez enfant naturelle : et cela m'a plu.
J'ai donc souhaité de vous voir, et j'ai ordonné à
une de mes dames d'honneur, la marquise de
Tordesillas, de se placer auprès de vous pendant la
messe, à Santa Clara, et de ne pas vous quitter,
que je pusse vous reconnaître. Mais comme ces
dames se levaient et changeaient de place à tout
propos pour mieux jacasser entre elles, cela joint à
l'uniformité de leurs habits et à l'obscurité de
l'église, je finis par vous perdre de vue. Je fis donc
rappeler la marquise, et lui enjoignis de déchirer
un peu votre mante...

INÈS

Quoi, Altesse, c'était vous !

L'INFANTE

C'était moi. La déchirure s'ouvrait sur votre
cou. Je vous ai suivie à cette petite blancheur qui
bougeait dans la pénombre. Je vous ai regardée
longuement, doña Inès. Et j'ai vu que don Pedro
avait raison de vous aimer.

INÈS

Si vous le connaissiez mieux, vous sauriez que
j'ai mille fois plus raison encore de l'aimer.

L'INFANTE

Je vous crois, pour vous être agréable. Et savez-
vous qui je vais retrouver, à mon retour, en
prières ? La marquise de Tordesillas, j'en suis sûre,
priant pour que notre rencontre ait tourné à votre
bien.] Allons, doña Inès, [exaucez les prières de la

bonne marquise]. Dites-moi que vous m'accompa-
gnerez en Navarre.

INÈS

Non, Princesse, je ne puis.

L'INFANTE

Pourquoi ?

INÈS

Quand l'oiseau de race est capturé, il ne se débat
pas. Vous parliez d'un nuage en forme d'aile. Si
j'avais une aile, ce ne serait pas pour fuir, mais
pour protéger.

L'INFANTE

Je sais, cela se paie cher, d'être noble. Mais vous
n'êtes pas « capturée ». Vous n'avez peut-être
qu'une nuit devant vous : du moins vous l'avez.

INÈS

Non ! Non ! je ne peux plus être autre part qu'à
côté de lui ! N'importe quelle condition, même la
plus misérable, pourvu que je ne le quitte pas. Et,
s'il le faut, mourir avec lui ou pour lui.

L'INFANTE

Il n'y a pas d'être qui vaille qu'on meure pour
lui.

INÈS

Un homme qu'on aime !

L'INFANTE

Je ne suis pas encore parvenue à comprendre
comment on peut aimer un homme. Ceux que j'ai

approchés, je les ai vus, presque tous, grossiers, et
tous, lâches. Lâcheté : c'est un mot qui m'évoque
irrésistiblement les hommes.

INÈS

N'avez-vous donc jamais aimé, Infante ?

INÈS

Jamais, par la grâce de Dieu.

INÈS

Mais sans doute avez-vous été aimée ?

L'INFANTE

Si un homme s'était donné le ridicule de m'aimer, j'y aurais prêté si peu d'attention que je n'en
aurais nul souvenir. *(Avec brusquerie et candeur.)*
Vous entendez les passereaux ? Ils chantent mes
louanges. Oh ! ne me croyez pas orgueilleuse : je
n'ai pas d'orgueil, pas une once. Mais il n'est pas
nécessaire, pour aimer les louanges, de s'en croire
digne. Allons, Inès, venez ! Je vous tends votre
vie. Le souffle des rois est brûlant. Il vous consu-
mera.

INÈS

Il consume ce qui de toute façon sera consumé.
Je n'ai pas été faite pour lutter, mais pour aimer.
Toute petite, quand la forme de mes seins n'était
pas encore visible, j'étais déjà pleine d'amour pour
mes poupées ; et il y en avait toujours une que
j'appelais l'Amant, et l'autre la Bien-Aimée. Et
déjà, si l'on m'avait ouvert la poitrine, il en aurait
coulé de l'amour, comme cette sorte de lait qui
coule de certaines plantes, quand on en brise la

tige. Aimer, je ne sais rien faire d'autre. Voyez cette cascade : elle ne lutte pas, elle suit sa pente. Il faut laisser tomber les eaux.

L'INFANTE

La cascade ne tombe pas : elle se précipite. Elle fait aussi marcher les moulins. L'eau est dirigée dans des canaux. La rame la bat, la proue la coupe. Partout je la vois violentée. Oh ! comme vous êtes molle !

INÈS

C'est quand le fruit est un peu mol, qu'il reçoit bien jusqu'à son cœur tous les rayons de la Création.

L'INFANTE

Je vous en prie, ne me faites pas l'éloge de la mollesse : vous me blessez personnellement. *(Elle fait asseoir Inès sur un banc, sur lequel elle s'assied elle-même.)* Venez plutôt en Espagne, vous y reprendrez de la vigueur. Ne vous en cachez pas : je sais qu'ici on n'aime pas l'Espagne. Le Portugal est une femme étendue au flanc de l'Espagne ; mais ce pays qui reste quand même à l'écart, qui brûle seul, et qui est fou, empêche le Portugal de dormir. Si j'avais épousé don Pedro, c'est moi qui aurais été l'homme : je l'aurais empêché de dormir.

INÈS

Altesse, puisque le Roi, dites-vous, ne peut que vous satisfaire, je vous en supplie, obtenez d'abord la grâce de don Pedro !

L'INFANTE

Ce n'est pas don Pedro, c'est vous que je veux
sauver. Venez [à Pampelune. Pampelune est
comme la cour intérieure d'une citadelle, encaissée
entre de hautes montagnes ; et il y a mon âme,
alentour, qui va de hauteur en hauteur, qui veille,
et qui ne permet pas... La main du Roi ne pourra
vous atteindre, par-dessus ces montagnes. Venez]
à Pampelune, même si ma cour est pour vous sans
attraits. La sensation d'être en sécurité donnerait
du charme à n'importe quel lieu, et vous retrouve-
rez votre âme avec votre sécurité.

INÈS

C'est lui qui est mon âme.

L'INFANTE

Vous êtes molle, et en même temps trop courageuse.

INÈS

Ne me dites pas que j'ai du courage : je le
perdrais dans l'instant.

L'INFANTE

A la naissance de vos seins, dans le duvet entre
vos seins, un de vos cils est tombé. Il est là, comme
la plume d'une hirondelle qui a été blessée dans
son vol ; il bouge un peu, on le dirait vivant.
L'hirondelle est blessée, doña Inès. Combien de
temps volera-t-elle encore, si elle ne trouve abri ?
Un jour elle n'annoncera plus le printemps, un
jour il n'y aura plus de printemps pour elle sur la
terre. Laissez-moi croire que je puis trouver
encore les mots pour vous convaincre. Penser que

vous aurez passé à côté de moi ! Et moi, être
l'Infante de Navarre, et échouer à convaincre ! Et
échouer à convaincre l'être auquel on veut tant de
bien ! [Comment le bien que l'on veut à un être ne
resplendit-il pas sur votre visage et ne passe-t-il
pas dans le son de votre voix, tellement qu'il soit
impossible de s'y méprendre ?] Mais [non, au
contraire,] c'est peut-être mon visage qui vous
effraie. Peut-être les visages nouveaux vous
effraient-ils ? Ou peut-être est-ce parce qu'il est en
sueur ? Ou peut-être en ai-je trop dit ? [Quand on
veut convaincre, et qu'on a dépassé le point où
c'était encore possible, tout ce qu'on dit de surcroît
ne fait que vous rendre suspect et endurcir l'être
qu'on veut convaincre.] Vous devez penser :
« Pourquoi y tient-elle tant ? N'y aurait-il pas un
piège ?... » O porte ! porte ! quel mot pour t'ou-
vrir ? Je m'arrête, car ma bouche est desséchée.
(Temps.) N'est-ce pas ? vous regardez l'écume aux
coins de ma bouche. Cela vient de ma bouche
desséchée, et de l'ardeur de cette route, qui était
pâle comme un lion. Tout mon intérieur est
desséché comme si on m'avait enfoncé dans la
gorge, jusqu'à la garde, l'épée de feu de l'ange
nocturne ; vous savez, quand les voix de la muraille
crièrent de nouveau : « Sennachérib ! » Ah ! la
chose insensée, qu'un désir violent ne suffise pas à
faire tomber ce qu'on désire. Une dernière fois,
Inès : venez-vous avec moi ?

INÈS

Princesse, ne m'en veuillez pas : je ne puis.

L'INFANTE, *se levant.*

Eh bien, soit ! Vous avez laissé passer le moment
où je vous aimais. Maintenant, vous m'irritez.

Pourquoi votre vie m'importerait-elle, alors qu'elle ne vous importe pas?

INÈS, *se levant.*

Moi, Madame, je vous irrite?

L'INFANTE

Vous me décevez. Allez donc mourir, doña Inès. Allez vite mourir, le plus vite possible désormais. Que votre visage n'ait pas le temps de s'imprimer en moi. Qu'il s'efface et que je puisse l'oublier : effacé comme une tache de sang sur les dalles, qu'on efface avec de l'eau. J'aurais voulu que tout mon séjour au Portugal s'évanouît comme un mauvais rêve, mais cela n'est plus possible, à cause de vous. C'est vous seule qui empoisonnez le doux miel de mon oubli, comme il est dit de la mouche dans le parfum au livre de nos saintes Écritures. Partez, doña Inès, Dieu vous reste. Est-ce que ce n'est pas beau, que, quoi qu'il arrive, et même si on a péché, on puisse toujours se dire : « Dieu me reste » ? Regardez vers le ciel, où est Celui qui vous protégera.

INÈS

Dieu me protégera, si j'en suis digne. Mais pourquoi regarder le ciel? Regarder le ciel me ramène toujours vers la terre, car, les choses divines que je connais, c'est sur la terre que je les ai vécues.

L'INFANTE

Alors, ma chère, si vous ne voulez pas regarder le ciel, tournez-vous d'un coup vers l'enfer. Essayez d'acquérir le page, qui est d'enfer, et de

savoir par lui les intentions du Roi. Il s'appelle
Dino del Moro. Il est Andalou. Les Andalous ne
sont pas sûrs. Il trahira tout ce qu'on voudra.

INÈS

Je crois que jamais je n'aurai le cœur de pousser
un enfant à trahir.

L'INFANTE

Même si votre vie et la vie de don Pedro sont en
jeu ?

INÈS

Pedro !... Mais, quand même, un enfant ! Un
enfant... pareil à ce que pourrait être un jour un
fils à moi...

L'INFANTE

Eh bien ! doña Inès, soyez donc sublime, puisque c'est cela décidément qui vous tente. Sublime
en ne partant pas. Sublime en ne poussant pas à
trahir. Allons, soyez sublime tout votre saoul, et
mourez-y. Adieu.

*Inès s'incline, prend la main de l'infante et
va la baiser. Dans ce geste, le bracelet de
pierreries de l'infante se détache et tombe.
Inès le ramasse et le lui tend.*

Gardez-le, Inès. Chez nous, une princesse de
sang royal ne peut rien accepter, qui ne lui ait été
tendu par quelqu'un de sa maison. Ce bracelet qui
joint si mal vous restera comme un symbole de ce
qui ne s'est pas joint entre nous.

INÈS

Si c'est un symbole, il y a des choses tellement
plus pures que le diamant.

L'INFANTE

C'est vrai. *(Elle prend le bracelet, le jette à terre,
et l'écrase sous son talon. Un temps.)* Embrassez-
moi. *(Elles s'embrassent.)* Dieu vous garde !
(Seule, regardant au loin la cascade.) Il faut laisser
tomber les eaux…

ACTE III

Une salle du palais royal. Elle est presque dans l'obscurité. Seuls les abords de l'âtre, où un feu brûle, sont éclairés par un foyer.

SCÈNE PREMIÈRE

FERRANTE, INÈS, *puis* UN PAGE

FERRANTE

Les parfums qui montent de la mer ont une saveur moins âcre que celle qu'exhale le cœur d'un homme de soixante-dix ans. Je ne sais pourquoi les hommes de cet âge feignent qu'ils vont vivre éternellement. Pour moi, je ne m'abuse pas. Bientôt la mort va m'enfoncer sur la tête son casque noir. Je meurs d'ailleurs depuis longtemps ; il ne s'agit que d'achever la chose.

INÈS

Toujours, Seigneur, toujours ce sombre pressentiment !

FERRANTE

J'ai mes visitations. La nuit surtout : la nuit est mère de toutes choses, et même d'effrayantes clartés. [A l'heure la plus profonde de la nuit, profonde comme le point le plus profond du creux de la vague, couché dans la poussière de l'orgueil.] Alors, souvent, mon cœur s'arrête... Quand il recommence à battre, je suis tout surpris de me retrouver vivant, — et un peu dépité.

[INÈS

Mais vos médecins...

FERRANTE

Je ne parle de mon mal à personne, et le monde croit que je vais vivre mille ans. D'ailleurs, les médecins... L'heure que Dieu a choisie, c'est péché que vouloir la changer. Toutefois, vous avez peut-être raison, et on peut poser comme un axiome général qu'il vaut encore mieux être assassiné par son médecin que par son fils.] *(Temps.)* Cette nuit — à cause peut-être d'une extrême tristesse que j'ai eue hier, — j'ai rêvé que j'agonisais. Nulle souffrance physique, et lucidité absolue. Il y avait sûrement une présence, car je lui faisais remarquer que d'instant en instant je m'affaiblissais. Et, d'instant en instant, des marbrures rouges apparaissaient sur ma peau. J'écrivais sur ma peau, et elle était si pourrie que la plume par endroits la crevait.

INÈS

Et qu'écriviez-vous ?

FERRANTE

J'écrivais : « Bien meilleur et bien pire... » Car j'ai été bien meilleur et bien pire que le monde ne le peut savoir. Puis l'aube s'est montrée entre les rideaux et les croisées de ma chambre, et ces longues lignes de blancheur semblaient m'entourer de grands cierges funéraires. Chaque nuit, ou presque, s'entrouvrent pour moi de tels abîmes. Alors, dans ces heures, je vois... Je vois tout ce que j'ai fait et défait, moi, le roi de Portugal, vainqueur des Africains, conquêteur des Indes, effroi des rebelles, Ferrante le Magnanime, pauvre pécheur. Et je vois que de tout ce que j'ai fait et défait, pendant plus d'un quart de siècle, rien ne restera, car tout sera bouleversé, et peut-être très vite, par les mains hasardeuses du temps ; rien ne restera qu'un portrait, parmi douze autres, à l'Armeria de Coïmbre, le portrait d'un homme dont les gens qui viendront seront incapables de citer un seul acte, et dont ils penseront sans plus, en regardant ce portrait : « Celui-là a un nez plus long que les autres. »

INÈS

Seigneur, la gloire des grands hommes est comme les ombres : elle s'allonge avec leur couchant.

FERRANTE

Ah ! ne me parlez donc pas de ma gloire. Si vous saviez comme je suis loin de moi-même. Et l'haleine fétide de l'admiration... Et puis, je ne suis pas un roi de gloire, je suis un roi de douleur. Sur l'étendard du Portugal, j'ai augmenté le nombre de ces signes qui y représentent les plaies du

Christ. C'est un roi de douleur qui vous fait ce grand brame de cerf dans la forêt. Mais je n'ai pas à me retirer avant de mourir dans les forêts ou sur la montagne, car je suis pour moi-même la forêt et la montagne. Mes âmes enchevêtrées sont les broussailles de la forêt, et j'ai dû, puisque j'étais roi, me faire de ma propre pensée un haut lieu et une montagne.

[UN PAGE, *entrant.*

Sire, don Alvar Gonçalvès insiste pour que Votre Majesté daigne le recevoir à l'instant.

FERRANTE

Je dois le voir demain matin...

LE PAGE

Il dit que son message est de toute urgence.

FERRANTE

Réponds-lui que je le verrai demain. *(Le page sort. A Inès.)* Mais peut-être vous eût-il plu de connaître un homme qui me demande de vous faire assassiner.

INÈS

Sire !

FERRANTE

Voir vos contenances, à l'un et à l'autre, il faut avouer que c'eût été divertissant. *(Au page, qui vient de rentrer.)* Encore !]

LE PAGE (ou UN PAGE, *entrant*).

Ce billet de la part de don Alvar.

FERRANTE, *ayant lu, et le visage changé.*

Malheur ! Malheur ! Malheur ! Fais entrer don
Alvar dans mon cabinet. Je l'y rejoins. Ensuite, tu
ranimeras le feu. Il s'éteint. *(A Inès.)* Doña Inès,
attendez-moi ici un moment.

> *Il sort vers son cabinet.*

SCÈNE II

INÈS, DINO DEL MORO

INÈS, *à part.*

Le page avait donc dit vrai : ils veulent ma mort.
*(Rentre le page, accompagné de Dino del Moro. Ils
se mettent en devoir d'attiser le feu.)* Dieu ! C'est
lui ! S'il pouvait être seul ! Lui parler… le gagner…
par lui, à l'avenir, savoir…

> *Scène muette. Le premier page sort un
> instant. Inès se rapproche de Dino. Le pre-
> mier page revient. Enfin il s'en va.*

INÈS, *avec embarras.*

Je sais que vous vous appelez Dino del Moro.

DINO DEL MORO

Pour vous servir, Madame. Quoique… ce ne soit
là qu'un surnom. Mon père est Fernando de Calla
Fuente, marquis de Duero. Il gouverne la province
du Genil. Mais on l'appelle Fernando del Moro
parce que, ayant découvert que son intendant, un
Morisque, continuait les pratiques païennes, il le

poignarda de sa main. Mon père, il a la force de
deux chevaux.

INÈS

Bravo ! Il y a longtemps que vous avez quitté
l'Andalousie ?

DINO DEL MORO

Un an. Vous ne connaissez pas le Genil ? C'est
le plus grand fleuve d'Europe. On dit qu'il prend
sa source dans le paradis.

INÈS

Et... cela ne vous attriste pas, de vivre séparé de
vos parents ?

DINO DEL MORO

Oh non !

INÈS

Quel cri du cœur ! On m'a parlé de vous, Dino
del Moro.

DINO DEL MORO

Ah ! l'Infante !

INÈS

Ainsi donc... vous écoutez aux portes du Roi ?

DINO DEL MORO

Je n'écoutais pas, Madame. Quelques mots
surpris en passant...

INÈS

Non, non ! Vous écoutiez. Tout votre visage le
crie. Oh ! si vous pouviez le voir ! Vous êtes aussi

impuissant, physiquement, à cacher l'aveu de votre visage, que vous l'êtes à soulever un bahut entre vos bras. *(A part.)* Comment lui demander ? Je ne sais que lui dire... *(Haut.)* Vous n'ignorez donc pas qu'il y a ici des hommes qui me veulent du mal, beaucoup de mal. Il est très important pour moi...

> *On entend des éclats de voix, dans le cabinet.*

DINO DEL MORO

Ch... le Roi ! Dites-moi n'importe quoi.

> INÈS, *à voix forte et affectée,*
> *désignant un brin de jasmin que le page*
> *porte à une boutonnière de son justaucorps.*

Ce jasmin, page... Déjà, l'autre jour, vous portiez sur vous un œillet. Vous aimez donc tant les fleurs ?

DINO DEL MORO

Quand j'étais petit, ma mère voulait que je porte toujours une fleur sur moi.

INÈS

Quand vous étiez petit !... Et ces fils d'or et d'argent entremêlés à vos cheveux...

DINO DEL MORO

C'est aussi ma mère qui me les entremêlait ainsi quand j'étais petit. Elle disait que c'était pour me porter bonheur.

INÈS

Mais maintenant, si loin de votre mère...

DINO DEL MORO

Maintenant, je me les mets moi-même.

INÈS, *à part.*

Comme il est étrange ! *(A Dino.)* Votre mère...
(A part.) Cette complicité avec cet enfant... Et sa
mère... Non, ce n'est pas possible ! Je ne peux pas !
(A Dino.) Dino del Moro, pourquoi écoutez-vous
à la porte de votre Roi ? Cela, c'est l'affaire des
valets de chambre. Non du fils de Fernando del
Moro.

DINO DEL MORO

Le Roi ne m'aime pas. Pourquoi l'aimerais-je ?

INÈS

Il ne vous aime pas ?

DINO DEL MORO

[Il est sans cesse à se moquer de moi. Oui,
toujours ! Pour mes cheveux, pour mon accent. Il
ne peut pas me dire un mot sans se moquer de moi.

INÈS

S'il vous taquine, c'est sans doute qu'il vous
aime, au contraire. Le chat laisse toujours une
marque à son ami.

DINO DEL MORO

A la nuit — parce que c'est moi qui danse le
mieux, d'entre les pages, — c'est moi qui saute et
qui cueille les lucioles et qui les lui apporte dans
le creux de ma main. Eh bien ! il ne m'en sait nul
gré.

INÈS

C'est pourtant là une charge très importante que vous avez. Mais le Roi aime-t-il donc tant les lucioles ?

DINO DEL MORO

Il dit qu'elles lui ressemblent : alternativement obscures et lumineuses, lumineuses et obscures. Moi, quand il m'a dit qu'elles lui ressemblaient, je lui ai dit que c'étaient de vilaines bêtes.

INÈS

Si vous dites au Roi des choses désobligeantes, ne vous étonnez pas qu'il vous en veuille peut-être un peu.] Mais, quand cela serait, est-ce une raison pour le tromper ?

DINO DEL MORO

Tout le monde le trompe ici.

INÈS

C'est bien pour cela que *vous,* vous ne devez pas le faire. S'il vous déplaît de le servir, demandez à vos parents de vous rappeler, sous un prétexte quelconque. Ne restez pas auprès de quelqu'un qui a confiance en vous, pour le trahir. Vous, si petit ! Quel âge avez-vous ?

DINO DEL MORO

Treize ans.

INÈS

Vous dites treize. Ce doit être douze, car il faut avoir l'air grand. Douze ans ! Vous êtes un petit homme, avec déjà tout votre pouvoir de faire du mal. Non, ne continuez pas ainsi. Je vous le dis comme vous le dirait votre mère. *(Lui arrangeant les cheveux.)* Il ne faut pas que les fils d'or dans vos cheveux soient seulement pour vous porter bonheur, il faut qu'ils vous rappellent aussi que vous devez être pur comme eux.

DINO DEL MORO

Mais, Madame, ne vous ai-je pas été bien utile en répétant à l'envoyé de l'Infante...

INÈS

C'est vrai! C'est vrai! Et pourtant... ne continuez pas!

DINO DEL MORO

Le Roi!

Il sort précipitamment.

SCÈNE III

FERRANTE, [ALVAR GONÇALVÈS,] INÈS

FERRANTE

Supporter! Toujours supporter! Oh! cela use. Être sans cesse dans les mains des hommes! Avoir régné trente ans, et encore ligoté. [— Doña Inès, don Alvar Gonçalvès, qui m'éclaire souvent de ses conseils. Mais peut-être le connaissez-vous déjà?

ALVAR GONÇALVÈS

Si j'avais rencontré doña Inès, je n'aurais pu l'oublier.

INÈS

Et moi, don Alvar, si je vous ai rencontré, je l'ai oublié. Mais cette rencontre-ci, soyez assuré que je ne l'oublierai pas.

ALVAR GONÇALVÈS

Je vous supplie, Madame de me garder vos bontés.

INÈS

Tout juste autant que vous me garderez les vôtres.

FERRANTE, *à Alvar.*

Revenez me voir demain matin. Mais sans illusions. Car il n'y a rien à faire, rien, rien !

SCÈNE IV

FERRANTE, INÈS

FERRANTE

Si vous êtes restée libre, si don Pedro a regagné ses appartements au palais, pour n'y être plus que consigné, c'est parce que je croyais tenir l'évêque de Guarda. Et voici qu'il m'échappe.] Le nonce me fait dire par don Alvar que le Pape accueillerait comme un outrage que je sévisse contre l'évêque. [Le Pape ne donnera pas l'annulation : à présent cela est sûr.] Je suis comme un lion tombé dans une trappe. Je puis mordre, bondir, rugir : en vain. Vous êtes liée à don Pedro, et ce lien ne peut être brisé que par la mort du Pape, et des dispositions différentes de son successeur à mon égard. Oh! je suis fatigué de cette situation. Je voudrais qu'elle prît une autre forme. J'ai l'habitude que les grandes affaires se règlent aisément et vite, et les petites avec mille tracas et d'un cours interminable. Celle-ci est grande et tracassante. Et je suis fatigué de vous, de votre existence. Fatigué de vous vouloir du bien, fatigué de vouloir vous sauver. Ah! pourquoi existez-vous? Enrageant obstacle que celui des êtres! Un fleuve, une montagne, on comprend, on accepte. Mais une pauvre chose molle de chair et de nerfs, qui se tient droit on ne sait comment... Allons, tout ce que j'ai fait est détruit. J'ai puisé avec un crible. Et c'est vrai, pourquoi ce que j'ai fait subsisterait-il, puisque moi, depuis longtemps, je ne subsiste plus? [L'arc de mon intelligence s'est détendu. Ce que j'ai écrit, je demande : « De qui est-ce? » Ce que j'avais compris, j'ai cessé de le comprendre. Et ce que j'avais appris, je l'ai oublié. Je meurs et il me semble que tout est à faire, que j'en suis au même point où j'étais à vingt ans.] Mes mains sont ouvertes, tout m'a fui. J'ai joué de la flûte pour l'amour de Dieu.

INÈS

[N'est-ce pas là notre sort commun?

FERRANTE

Heureux celui qui a peu donné, et, ce qu'il avait donné, qui l'a repris. Heureux celui de qui les enfants ne portent pas le nom.

INÈS

Heureux celui qui entend ces paroles, et sur qui elles coulent sans l'entamer !

FERRANTE

Je me suis écoulé comme le vent du désert, qui d'abord chasse des lames de sable pareilles à une charge de cavaliers, et qui enfin se dilue et s'épuise : il n'en reste rien. Telles sont les pensées profondes dont vous fait part le roi Ferrante, pensées profondes dont cependant il ne garantit pas l'originalité. Car j'entendais un jour, en passant dans un couloir près d'une cuisine, un gâte-sauce qui proclamait avec des gestes emphatiques : « La culbute finale, tous, il faudra qu'ils y passent, oui, tous ! Le Roi comme les autres ! » Et j'ai approuvé qu'au bout de ma philosophie je trouve un valet de cuisine. Nous nous rencontrions plus tôt encore qu'il ne le disait.]

SCÈNE V

LES MÊMES,
LE GRAND AMIRAL ET PRINCE DE LA MER,
EGAS COELHO, DEUX AUTRES SEIGNEURS

LE PRINCE DE LA MER

Seigneur, la gravité de la chose m'oblige à bousculer vos gardes. Une offense odieuse a été faite à Votre Majesté, dont la réparation exige des ordres immédiats. Un parti d'Africains a débarqué

par surprise à Tavira, massacré des gens du port et
crucifié le capitaine qui jetait des hommes contre
eux, à côté du cadavre crucifié d'un chien. Ils se
sont rembarqués presque sans pertes. L'insolence
de ces misérables mérite un châtiment exemplaire.
A Votre Majesté seule ils réservent leurs entreprises. Pensez-vous qu'ils eussent osé attaquer un
port d'Andalousie ou de Valence ? Jamais !

FERRANTE

Personne donc ne gardait la mer devant la côte
du sud ?

LE PRINCE

Par suite d'une négligence très grave, la flotte de
don Lourenço Payva croisait à ce moment tout
entière au nord du cap Saint-Vincent.

FERRANTE

Oui, c'est ainsi, il y a toujours quelques heures
pendant lesquelles un royaume est sans défense :
un trou, il suffit d'entrer. Et de même il y a
toujours quelques heures où un homme fort est si
faible, moralement et physiquement — tout
étonné de tenir debout, — qu'en le poussant un
peu on le ferait tomber. Par chance, il est rare que
l'ennemi flaire ces heures. Ah ! s'il savait !

LE PRINCE

C'est dans ces heures-là surtout qu'il importe
d'avoir l'air déterminé. Je demande un châtiment
implacable pour Lourenço Payva.

FERRANTE

Quel châtiment ?

LE PRINCE

En temps ordinaire, j'aurais demandé une dure peine de prison. En ce moment-ci, je demande la mort.

FERRANTE

Pourquoi être plus sévère en ce moment-ci ?

LE PRINCE

Parce qu'en ce moment-ci nous avons besoin de coupables.

FERRANTE

J'ai remarqué que l'on tue presque toujours trop tôt. Encore quelques jours et le tué n'était plus si coupable. Combien d'assassinats sont des malentendus !

EGAS COELHO

Alors, Sire, on ne tuerait plus personne !

FERRANTE

Payva n'est-il pas un ancien serviteur ?

EGAS COELHO

Sire, j'attendais votre royale colère, et je suis confondu...

FERRANTE

Quand on vieillit, les colères deviennent des tristesses.

EGAS COELHO

Ou de la pitié. Et pour trouver la pitié il n'y a qu'à se laisser aller, mais pour trouver la dureté il faut qu'on se hausse. Or, on doit toujours se hausser.

LE PRINCE

Le Roi est-il homme à pardonner une offense ?

FERRANTE

Oui, quand le pardon est à son avantage. Sans doute, ce n'est pas le cas ici. Le sort de don Lourenço sera examiné. Qu'on m'en reparle.

LE PRINCE

Ainsi donc cet homme pourrait avoir la vie sauve ! Sire, finissons-en : laissez-moi aller chercher la mort en Afrique, cette mort qui est épargnée aux traîtres. Mort, je ne serai plus témoin de l'impunité.

FERRANTE

Ne vous enflammez pas.

EGAS COELHO, *bas, aux seigneurs.*

Inès a le visage tranquille. Je n'aime pas ces entretiens qu'elle a avec le Roi. Elle en sort fortifiée. Restons dans l'ombre un instant, et écoutons ce qu'ils disent.

FERRANTE

Eh bien ! que don Lourenço soit déféré à ma justice particulière. Je ne serai pas tendre.

LE PRINCE

Et n'allons-nous pas tenter, sur-le-champ, quelque chose contre les Africains ?

FERRANTE

Pour le coup, cela, je l'examinerai plus tard.
(Lourdement.) J'ai assez décidé pour aujourd'hui.
(A part.) La guerre... Des hommes qui ne valent
pas de vivre. Et des idées qui ne valent pas qu'on
meure pour elles.

SCÈNE VI

FERRANTE, INÈS. *Au fond de la pièce, dans
l'ombre,*
EGAS COELHO ET LES SEIGNEURS,
puis D'AUTRES PERSONNAGES

INÈS

Est-ce que vous le ferez mettre à mort ?

FERRANTE

J'y incline. Il y en a qui disent qu'un vieillard
doit être rigoureux, parce qu'il lui faut aller vite.
Et encore, que la cruauté est le seul plaisir qui
reste à un vieillard, que cela remplace pour lui
l'amour. Selon moi, c'est aller trop loin. Mais je
croirais volontiers qu'une des meilleures garanties
de longue vie est d'être insensible et implacable ;
voilà une cuirasse contre la mort.

INÈS

Si vous étiez si méchant, vous ne le diriez pas.

FERRANTE, *avec ironie.*

Je vois que vous avez une profonde connaissance de l'âme humaine.

INÈS

Mais si Lourenço Payva n'était qu'à demi coupable, quel remords vous vous prépareriez !

FERRANTE

Les remords meurent, comme le reste. Et il y en a dont le souvenir embaume. [Mais peut-être toute cette histoire va-t-elle se dissiper comme une fumée. Car savez-vous ce que je crois ? Qu'elle est inventée de toutes pièces, ou du moins sensiblement gonflée.

INÈS

Inventée ?

FERRANTE

Il s'agit de m'humilier, après l'humiliation du nonce. « Les Africains n'oseraient jamais débarquer en Andalousie ni dans le royaume de Valence. » On escompte que, blessé, je voudrai blesser ; que, souris ici, pour me revancher je me ferai matou là. Et matou contre qui ? Contre Pedro et vous. Mais leur puéril calcul est déjoué. Je vois trop clair dans leurs machines.

INÈS

Vous êtes généreux pour nous, Seigneur. — Si c'est une fable, Lourenço Payva ne sera donc pas exécuté ?

FERRANTE

Ma foi, c'en pourrait être l'occasion.

INÈS

L'occasion ! Mais l'exécuter pourquoi ?]

FERRANTE

Le Grand Amiral l'a dit : nous avons besoin de coupables en ce moment. Or, Lourenço Payva est sûrement coupable de quelque chose. Tout le monde est coupable de quelque chose. Tous ceux qui sont en liberté ne savent pas ce qu'ils me doivent. Et tous ceux qui sont en vie. Mais de temps en temps il faut dire non et sévir, à peu près du hasard : simple remise en main. Oui, on doit sacrifier encore des vies humaines, même quand on a cessé de prendre au sérieux leur culpabilité, comme cette armure vide de la légende qui, dressée contre le mur, assommait je ne sais quel personnage qui passait sous son gantelet de fer. [Ou bien je songe encore à notre roi Henri IV de Castille, à qui certain sultan allait devoir rendre la ville de Trujillo, qu'il occupait, quand le Roi meurt. Alors, les hommes du Roi, craignant que le sultan ne s'endurcisse à défendre la ville, s'il apprend cette mort, installent le cadavre du Roi dans un fauteuil, baissent la lumière dans la salle — tenez, comme dans cette salle-ci, — et les envoyés du sultan rendent les clefs de la ville au Roi mort. Moi aussi je me suis retiré, moi et toute mon âme, de mon apparence de roi ; mais cette apparence reçoit encore les honneurs, comme le cadavre du roi Henri, ou bien tue encore, et tue presque au hasard, comme l'armure vide.]

DON EDUARDO, *à part.*

Le Roi délire. Cette magicienne l'ensorcelle. Son réveil sera terrible.

LE PRINCE DE LA MER, *à part.*

Il forcera au silence sans retour ceux qui auront surpris son secret.

EGAS COELHO, *à part.*

Il fera tuer la magicienne. Mais moi aussi bien, s'il me trouve ici.

Il s'enfuit.

INÈS

[Est-ce qu'on peut tuer pour quelque chose que l'on ne croit pas ?

FERRANTE

Bien sûr, cela est constant. Et même mourir pour quelque chose que l'on ne croit pas. On meurt pour des causes auxquelles on ne croit pas, comme on meurt pour des passions qu'on n'a pas, et pour des êtres qu'on n'aime pas. Les Africains que j'ai vus en Afrique adoraient les pierres et les sources. Mais qu'on leur dît que l'Islam était menacé, ils se levaient et ils allaient périr dans la bataille pour une religion qui n'était pas la leur.]

INÈS

Comment le Roi peut-il avoir déserté son armure, lui qui me menait il y a quelques jours à la fenêtre et qui me disait : « C'est moi qui maintiens tout cela. Voici le peuple avec qui j'ai un traité... » ?

FERRANTE

Inès, cette nuit est pleine de prodiges. Je sens que je m'y dépasse, que j'y prends ma plus grande dimension, celle que j'aurai dans la tombe, et qu'elle est faite pour que j'y dise des choses effrayantes de pureté. Quand je vous ai dit : « Il y a mon peuple... », je ne mentais pas, mais je disais des paroles d'habitude, auxquelles j'avais cru un jour, auxquelles je ne croyais plus tout à fait dans l'instant où je les disais. J'étais comme une vieille poule qui pondrait des coquilles vides...

INÈS

Seigneur !

FERRANTE

Ne soyez pas surprise. J'aime me confesser aux femmes. C'est un penchant que j'ai. Je dois aussi chercher à faire croire que je sens encore quelque chose, alors que je ne sens plus rien. Le monde ne fait plus que m'effleurer. Et c'est justice, car je m'aperçois que, toute ma vie, je n'ai fait qu'effleurer le monde.

INÈS

Vous ne sentez plus rien !

FERRANTE

Il y a les mots que l'on dit et les actes que l'on fait, sans y croire. Il y a les erreurs que l'on commet, sachant qu'elles sont des erreurs. Et il y a jusqu'à l'obsession de ce qu'on ne désire pas.

DON EDUARDO

C'est l'ivresse de Noé !

Il s'enfuit.
Durant les répliques qui suivent jusqu'au départ de l'ombre de l'Infante, dans le fond

obscur de la salle, des ombres apparaissent,
écoutent un moment, puis disparaissent avec
des gestes horrifiés.

FERRANTE

Je me suis lamenté tout à l'heure devant vous comme une bête ; j'ai crié comme le vent. Croyez-vous que cela puisse s'accorder avec la foi dans la fonction royale ? Pour faire le roi, il faut une foi, du courage et de la force. Le courage, je l'ai. La force, Dieu me la donne. Mais la foi, ni Dieu ni moi ne peuvent me la donner. Je suis prisonnier de ce que j'ai été. Une des dames d'honneur de l'Infante disait devant moi que l'Infante était toujours crucifiée sur elle-même. Moi aussi, dans un autre sens, je suis crucifié sur moi-même, sur des devoirs qui pour moi n'ont plus de réalité. Je ne suis plus dans mon armure de fer. Mais où suis-je ?

INÈS

Certes, je vous comprends, Sire, car moi, vous savez, les devoirs d'État ! Et l'avenir de la chrétienté ! La chrétienté est au-dedans de nous. Mais alors, pourquoi reprochez-vous à don Pedro une indifférence qui est la vôtre même ?

FERRANTE

J'ai atteint l'âge de l'indifférence. Pedro, non. Que faire de sa vie, si on ne s'occupe pas de ces sortes de choses ?

INÈS

Aimer. Moi, je voudrais m'enfoncer au plus profond de l'amour partagé et permis, comme dans une tombe, et que tout cesse, que tout cesse... [— Mais, si vous ne croyez plus aux affaires du royaume, il y a des actes qu'un roi peut faire pour son peuple, et qui ne sont que de l'homme pour l'homme. Il y a dans votre royaume cette grande misère, cette maladie de la faim qui est continuellement à guérir. A Lisbonne, sur le quai de débarquement, j'ai vu les capitaines de votre armée, Seigneur. Ils étaient debout, adossés au mur, ils avaient leurs mains jointes comme dans la prière, et ils suivaient des yeux ceux qui débarquaient, immobiles et sans rien dire. Et leurs mains, en effet, étaient bien jointes pour une prière, car ils demandaient l'aumône. C'étaient vos chefs de guerre, Sire, et leur solde n'était pas payée. Et moi, si j'avais été le Roi, j'aurais voulu aller dénouer leurs mains moi-même et leur dire : « Plus jamais vous n'aurez faim. » Et depuis ce jour-là, il me semble que dorénavant j'aurai beau manger et manger à ma guise, j'aurai toujours faim, tant qu'eux ne seront pas rassasiés.

FERRANTE

Aux chefs d'État on demande volontiers d'avoir de la charité. Il faudrait aussi en avoir un peu pour eux. Lorsqu'on songe aux tentations du pouvoir absolu, y résister, cela demande le respect. Quant à vos capitaines, si j'étais plus jeune je me dirais qu'il y a une maladie à guérir, bien pire que la faim de leur corps, c'est la maladie de leur âme immortelle, qui sans cesse a faim du péché. Mais à mon âge on a perdu le goût de s'occuper des autres. Plus rien aujourd'hui qu'un immense : « Que m'importe ! » que recouvre pour moi le monde... Je voudrais ne plus m'occuper que de moi-même, à si peu de jours de me montrer devant Dieu ; cesser de mentir aux autres et de me mentir, et mériter enfin le respect que l'on me donne, après l'avoir si longtemps usurpé.]

L'OMBRE DE L'INFANTE, *dans le fond*
de la salle.

Inès !

INÈS

Qui m'appelle ?

L'OMBRE

Quelqu'un qui te veut du bien. Quitte cette salle immédiatement. N'écoute plus le Roi. Il jette en toi ses secrets désespérés, comme dans une tombe. Ensuite il rabattra sur toi la pierre de la tombe, pour que tu ne parles jamais.

INÈS

Je ne quitterai pas celui qui m'a dit : « Je suis un roi de douleur. » Alors il ne mentait pas. Et je n'ai pas peur de lui.

L'OMBRE

Comme tu aimes ta mort ! Comme tu l'auras aimée ! Inès, Inès, souviens-toi : les rois ont des lions dans le cœur... Souviens-toi : la marque de la chaîne sur ton cou...

INÈS

Oh ! je vous reconnais maintenant !

L'OMBRE

Tu ne m'as jamais reconnue. [Inès, Inès, aussitôt sur la mer, j'ai trouvé les paroles que j'aurais dû te dire pour te convaincre. Déjà toute pleine du large, déjà mon âme, à contre-vent, était rebroussée vers toi. Et tout à l'heure, quand il sera trop tard, je trouverai ce qu'il eût fallu te dire à présent.] Ah ! il est affreux de ne pas savoir convaincre.

INÈS

Elle répète toujours le même cri, comme l'oiseau malurus, à la tombée du soir, sur la tristesse des étangs.

L'OMBRE

Inès, une dernière fois, éloigne-toi. — Non ? Tu ne veux pas ? Eh bien ! toi aussi, à ton tour, tu ne pourras pas convaincre.

Elle disparaît.

FERRANTE, *le dos tourné aux ombres.*

Croient-ils que je ne les entends pas, qui chuchotent et s'enfuient ? Ils disent que je délire parce que je dis la vérité. Et ils croient qu'ils s'enfuient par peur de mes représailles, alors qu'ils s'enfuient par peur et horreur de la vérité. Le bruit de la vérité les épouvante comme la crécelle d'un lépreux.

INÈS

Ô mon Roi, je ne vous abandonnerai pas parce que vous dites la vérité, mais au contraire, moi aussi, je vous dirai enfin la vérité totale, que j'ai un peu retenue jusqu'ici. Ô mon Roi, puisque cette nuit est pleine de grandes choses, qu'enfin je vous en fasse l'aveu : un enfant de votre sang se forme en moi.

FERRANTE

Un enfant ! Encore un enfant ! Ce ne sera donc jamais fini !

INÈS

Et que vous importe s'il trouble vos projets, puisque vous venez de crier que vous ne croyez plus à la fonction de roi ! C'est ici que nous allons voir si vraiment vous étiez véridique.

FERRANTE

Encore un printemps à recommencer, et à recommencer moins bien !

INÈS

Moi qui aime tant d'être aimée, j'aurai fait moi-même un être dont il dépendra entièrement de moi que je me fasse aimer ! Que je voudrai lui donner de sa mère une idée qui le préserve de tout toute sa vie ! Il s'agit d'être encore plus stricte avec soi, de se sauver de toute bassesse, de vivre droit, sûr, net et pur, pour qu'un être puisse garder plus tard l'image la plus belle possible de vous, tendrement et sans reproche. Il est une revision, ou plutôt une seconde création de moi ; je le fais ensemble et je me refais. Je le porte et il me porte. Je me fonds en lui. Je coule en lui mon bien. Je souhaite avec passion qu'il me ressemble dans ce que j'ai de mieux.

FERRANTE

Et, ce qu'il vous reprochera, c'est cela même : d'avoir voulu qu'il fût pareil à vous. Allez, je connais tout cela.

INÈS

S'il ne pense pas comme moi, il me sera un étranger, lui qui est moi. Mais non. Il est le rêve de mon sang. Mon sang ne peut pas me tromper.

FERRANTE

Le rêve... Vous ne croyez pas si bien dire. Vous êtes en pleine rêverie.

INÈS

Est-ce rêverie, cette chair que je crée de la mienne ? Oh ! cela est grisant et immense.

FERRANTE

On dirait vraiment que vous êtes la première femme qui met au monde.

INÈS

Je crois que toute femme qui enfante pour la première fois est en effet la première femme qui met au monde.

FERRANTE

Je n'aime pas la naïveté. Je hais le vice et le crime. Mais, en regard de la naïveté, je crois que je préfère encore le vice et le crime.

INÈS

Il me semble que je le vois, dans cinq ou six ans. Tenez, il vient de passer en courant sur la terrasse. En courant, mais il s'est retourné aussi. Mon petit garçon.

FERRANTE

Un jour, en passant, il ne se retournera plus.
Mais qui vous a dit que c'était un petit garçon ?
L'astrologue ?

INÈS

Je le veux trop ainsi.

FERRANTE

Je comprends qu'un second Pedro soit en effet
une perspective enivrante.

INÈS

Oui, enivrante. Il s'appellera Dionis. Mon petit
garçon aux cils invraisemblables, à la fois beau et
grossier, comme sont les garçons. Qui demande
qu'on se batte avec lui, qu'on danse avec lui. Qui
ne supporte pas qu'on le touche. Qu'un excès de
plaisir fait soupirer. Et, s'il n'est pas beau, je
l'aimerai davantage encore pour le consoler et lui
demander pardon de l'avoir souhaité autre qu'il
n'est.

FERRANTE

J'ai connu tout cela. Comme il embrassait, ce
petit ! On l'appelait Pedrito (mais quelquefois, s'il
dormait, et qu'on lui murmurât son nom, il disait
dans son sommeil : « Pedrito ? qui est-ce ? »). Son
affection incompréhensible. Si je le taquinais, si je
le plaisantais, si je le grondais, à tout il répondait
en se jetant sur moi et en m'embrassant. Et il me
regardait longuement, de près, avec un air
étonné...

INÈS

Déjà !

FERRANTE

Au commencement, j'en étais gêné. Ensuite, j'ai accepté cela. J'ai accepté qu'il connût ce que je suis. Il m'agaçait un peu quand il me faisait des bourrades. Mais, lorsqu'il ne m'en a plus fait... Car il est devenu un homme, c'est-à-dire la caricature de ce qu'il était. Vous aussi, vous verrez se défaire ce qui a été votre enfant. Jusqu'à ce qu'il n'en reste pas plus en vous que n'est restée cette page où pour la première fois, à cinq ans, le mien écrivit son prénom, cette page que je conservai durant des années, et qu'enfin j'ai déchirée et jetée au vent.

INÈS

Mais un jour, peut-être, si vous l'aviez gardée, en la revoyant vous vous mettriez à pleurer.

FERRANTE

Non, leurs mots ni leurs traits exquis ne sauvent pas les êtres, à l'heure des grands règlements de comptes.

INÈS

J'accepte de devoir mépriser l'univers entier, mais non mon fils. Je crois que je serais capable de le tuer, s'il ne répondait pas à ce que j'attends de lui.

FERRANTE

Alors, tuez-le donc quand il sortira de vous. Donnez-le à manger aux pourceaux. Car il est sûr que, autant par lui vous êtes en plein rêve, autant par lui vous serez en plein cauchemar.

INÈS

Sire, c'est péché à vous de maudire cet enfant qui est de votre sang.

FERRANTE

J'aime décourager. Et je n'aime pas l'avenir.

INÈS

L'enfant qui va naître a déjà son passé.

FERRANTE

Cauchemar pour vous. Cauchemar pour lui aussi. Un jour on le déchirera, on dira du mal de lui... Oh! je connais tout cela.

INÈS

Est-il possible qu'on puisse dire du mal de mon enfant!

FERRANTE

On le détestera...

INÈS

On le détestera, lui qui n'a pas voulu être!

FERRANTE

Il souffrira, il pleurera...

INÈS

Vous savez l'art des mots faits pour désespérer! — Comment retenir ses larmes, les prendre pour moi, les faire couler en moi ? Moi, je puis tout supporter : je puis souffrir à sa place, pleurer à sa place. Mais lui ! Oh ! que je voudrais que mon amour eût le pouvoir de mettre dans sa vie un sourire éternel ! Déjà, cependant, on l'attaque, cet amour. On me désapprouve, on me conseille, on prétend être meilleure mère que je ne le suis. Et voici que vous, Sire — mieux encore ! — sur cet amour vous venez jeter l'anathème. Alors qu'il me semblait parfois que, si les hommes savaient combien j'aime mon enfant, peut-être cela suffirait-il pour que la haine se tarît à jamais dans leur cœur. Car moi, tant que je le porte, je sens en moi une puissance merveilleuse de tendresse pour les hommes. Et c'est lui qui défend cette région profonde de mon être d'où sort ce que je donne à la création et aux créatures. Sa pureté défend la mienne. Sa candeur préserve la mienne contre ceux qui voudraient la détruire. Vous savez contre qui, Seigneur.

FERRANTE

Sa pureté n'est qu'un moment de lui, elle n'est pas lui. Car les femmes disent toujours : « Élever un enfant pour qu'il meure à la guerre ! » Mais il y a pis encore : élever un enfant pour qu'il vive, et se dégrade dans la vie. Et vous, Inès, vous semblez avoir parié singulièrement pour la vie. Est-ce que vous vous êtes regardée dans un miroir ? Vous êtes bien fraîche pour quelqu'un que menacent de grands tourments. Vous aussi vous faites partie de toutes ces choses qui veulent continuer, continuer... Vous aussi, comme moi, vous êtes malade : votre maladie à vous est l'espérance. Vous mériteriez que Dieu vous envoie une terrible épreuve,

qui ruine enfin votre folle candeur, de sorte qu'une
fois au moins vous voyiez ce qui est.

INÈS

Seigneur, inutile, croyez-moi, de me rappeler
tout ce qui me menace. Quoi qu'il puisse paraître
quelquefois, jamais je ne l'oublie.

FERRANTE, *à part*

Je crois que j'aime en elle le mal que je lui fais.
(Haut.) Je ne vous menace pas, mais je m'impa-
tiente de vous voir repartir, toutes voiles dehors,
sur la mer inépuisable et infinie de l'espérance. La
foi des autres me déprime. [Il n'y a que les enfants
qui puissent croire ainsi dans le vide, sans être
déprimants. L'espérance ! Lourenço Payva, lui
aussi, à cette heure, est plein d'espérance. Et
cependant il va mourir, immolé au bien de l'État.

INÈS

Mourir ! Est-ce donc décidé ?

FERRANTE

Oui, depuis un instant, cela est décidé.

INÈS

Mourir ! Et pour l'État ! Votre Majesté parle
encore de l'État !

FERRANTE

Et pourquoi non ? Ah ! je vois, il vous semble
que j'ai dit que je ne croyais pas à l'État. Je l'ai dit,
en effet. Mais j'ai dit aussi que je voulais agir
comme si j'y croyais. Tantôt vous oubliez, tantôt
vous vous rappelez trop, doña Inès. Je vous

conseille de ne pas vous rappeler trop ce que j'ai dit, dans cette sorte de crise de sincérité, quand ces coquins s'enfuyaient pour ne pas m'entendre.

INÈS

J'aurais peut-être dû m'enfuir, moi aussi.

FERRANTE

C'est le sort des hommes qui se contraignent à l'excès, qu'un jour vient où la nature éclate ; ils se débondent, et déversent en une fois ce qu'ils ont retenu pendant des années. De là qu'à tout prendre il est inutile d'être secret.]

INÈS

Sire, puisque Votre Majesté connaît désormais l'existence de mon enfant...

FERRANTE

En voilà assez avec cet enfant. Vous m'avez étalé vos entrailles, et vous avez été chercher les miennes. Vous vous êtes servie de votre enfant à venir, pour remuer mon enfant passé. Vous avez cru habile de me faire connaître votre maternité en ce moment, et vous avez été malhabile.

INÈS

Ainsi Votre Majesté me reproche de n'avoir pas été habile !

FERRANTE

Oui, je vous le reproche.

[INÈS

Je n'ai pas « cru habile ». Je vous ai parlé de votre petit-fils au moment où vous souffriez, où

vous étiez faible, non pour profiter de cet affaiblis-
sement, mais parce qu'alors vous disiez la vérité :
j'ai voulu vous la dire moi aussi, et vous rendre
confiance pour confiance. J'ai fait confiance en
vous à la nature humaine, comme je lui ai fait
confiance toute ma vie. Laissez-moi avoir
confiance en vous, Sire. Est-ce qu'il ne serait pas
beau de pouvoir vous dire : « Roi qui êtes comme
une main sur mon front... » ? Vous ne faites jamais
confiance à l'homme, vous ?

FERRANTE

Je fais quelquefois confiance à sa crainte.

INÈS

Moi, je n'ai jamais pu croire que l'homme, sauf
exceptions rares, rendît méfaits pour générosité.
Vous vous étonnez peut-être, Sire, que je n'aie pas
plus peur de vous. Mais, dans ces heures où l'on
doute d'un être, où l'on est tentée d'avoir peur de
lui, — dans ces heures où l'on me mettait en garde
contre vous, — je me disais : « Non, le père de
l'homme que j'aime, et auquel je n'ai jamais voulu
et fait que du bien, n'agira pas contre moi. » Et
d'ailleurs, si on doit être puni seulement pour avoir
eu trop confiance, eh bien ! tant pis : on est puni
par les hommes, mais on ne l'est pas devant Dieu.
Voilà, Sire, pourquoi je n'ai pas et ne peux pas
avoir très peur de vous, bien que j'aie depuis
longtemps une peur vague de *quelque chose*.

FERRANTE

Je vois que vous êtes très consciente de votre
générosité, et que vous en attendez même une
récompense.] Mais laissons cela. De ce que vous

m'avez dit, je retiens que vous croyez m'avoir surpris dans un instant de faiblesse. Quelle joie sans doute de pouvoir vous dire, comme font les femmes : « Tout roi qu'il est, il est un pauvre homme comme les autres ! » Quel triomphe pour vous ! Mais je ne suis pas faible, doña Inès. C'est une grande erreur où vous êtes, vous et quelques autres. Maintenant je vous prie de vous retirer. Voilà une heure que vous tournaillez autour de moi, comme un papillon autour de la flamme. Toutes les femmes, je l'ai remarqué, tournent avec obstination autour de ce qui doit les brûler.

INÈS

Est-ce que vous me brûlerez, Sire ? Si peu que je vaille, il y a deux êtres qui ont besoin de moi. C'est pour eux qu'il faut que je vive. — Et puis, c'est pour moi aussi, oh oui ! c'est pour moi ! — Mais... Votre visage est changé ; vous paraissez mal à l'aise...

FERRANTE

Excusez-moi, le tête-à-tête avec des gens de bien me rend toujours un peu gauche. Allons, brisons là, et rentrez au Mondego rassurée.

INÈS

Oui, vous ne me tueriez pas avant que je l'aie embrassé encore une fois.

FERRANTE

Je ne crains pour vous que les bandits sur la route, à cette heure. Vos gens sont-ils nombreux ?

INÈS

Quatre seulement.

FERRANTE

Et armés ?

INÈS

A peine. Mais la nuit est claire et sans embûches. Regardez. Il fera beau demain : le ciel est plein d'étoiles.

FERRANTE

Tous ces mondes où n'a pas passé la Rédemption... Vous voyez l'échelle ?

INÈS

L'échelle ?

FERRANTE

L'échelle qui va jusqu'aux cieux.

INÈS

L'échelle de Jacob, peut-être ?

FERRANTE

Non, pas du tout : l'échelle de l'enfer aux cieux. Moi, toute ma vie, j'ai fait incessamment ce trajet ; tout le temps à monter et à descendre, de l'enfer aux cieux. Car, avec tous mes péchés, j'ai vécu cependant enveloppé de la main divine. Encore une chose étrange.

INÈS

Oh ! Il y a une étoile qui s'est éteinte...

FERRANTE

Elle se rallumera ailleurs.

SCÈNE VII

FERRANTE, *puis* UN GARDE,
puis LE CAPITAINE BATALHA.

FERRANTE

Pourquoi est-ce que je la tue ? Il y a sans doute une raison, mais je ne la distingue pas. Non seulement Pedro n'épousera pas l'Infante, mais je l'arme contre moi, inexpiablement. J'ajoute encore un risque à cet horrible manteau de risques que je traîne sur moi et derrière moi, toujours plus lourd, toujours plus chargé, que je charge moi-même à plaisir, et sous lequel un jour... Ah ! la mort, qui vous met enfin hors d'atteinte... — Pourquoi est-ce que je la tue ? Acte inutile, acte funeste. Mais ma volonté m'aspire, et je commets la faute, sachant que c'en est une. Eh bien ! qu'au moins je me débarrasse tout de suite de cet acte. Un remords vaut mieux qu'une hésitation qui se prolonge. *(Appelant.)* Page ! — Oh non ! pas un page. Garde ! *(Entre un garde.)* Appelez-moi le capitaine Batalha. *(Seul.)* Plus je mesure ce qu'il y a d'injuste et d'atroce dans ce que je fais, plus je m'y enfonce, parce que plus je m'y plais. *(Entre le capitaine.)* Capitaine, doña Inès de Castro sort d'ici et se met en route vers le Mondego, avec quatre hommes à elle, peu armés. Prenez du monde, rejoignez-la, et frappez. Cela est cruel, mais il le faut. Et ayez soin de ne pas manquer votre affaire. Les gens ont toutes sortes de tours pour ne pas mourir. Et faites la chose d'un coup. Il y en a qu'il ne faut pas tuer d'un coup : cela est trop vite. Elle, d'un coup. Sur mon âme, je veux qu'elle ne souffre pas.

LE CAPITAINE

Je viens de voir passer cette dame. A son air, elle était loin de se douter...

FERRANTE

Je l'avais rassurée pour toujours.

LE CAPITAINE

Faut-il emmener un confesseur ?

FERRANTE

Inutile. Son âme est lisse comme son visage. *(Fausse sortie du capitaine.)* Capitaine, prenez des hommes sûrs.

LE CAPITAINE, *montrant son poignard.*

Ceci est sûr.

FERRANTE

Rien n'est trop sûr quand il s'agit de tuer. Ramenez le corps dans l'oratoire du palais. Il faudra que je le voie moi-même. Quelqu'un n'est vraiment mort que lorsqu'on l'a vu mort de ses yeux, et qu'on l'a tâté. Hélas, je connais tout cela. *(Exit le capitaine.)* Il serait encore temps que je donne un contrordre. Mais le pourrais-je ? Quel bâillon invisible m'empêche de pousser le cri qui la sauverait ? *(Il va regarder à la fenêtre.)* Il fera beau demain : le ciel est plein d'étoiles... — Il serait temps encore. — Encore maintenant. Des multitudes d'actes, pendant des années, naissent d'un seul acte, d'un seul instant. Pourquoi ? — Encore maintenant. Quand elle regardait les étoiles, ses yeux étaient comme des lacs tranquilles... Et dire qu'on me croit faible ! *(Avec saisissement.)* Oh ! — Maintenant il est trop tard. Je lui ai donné la vie éternelle, et moi, je vais pouvoir respirer. — Gardes ! apportez des lumières ! Faites entrer tous ceux que vous trouverez dans le palais. Allons, qu'attendez-vous, des lumières ! des lumières ! Rien ici ne s'est passé dans l'ombre. Entrez, Messieurs, entrez !

SCÈNE VIII

FERRANTE, GENS DU PALAIS,
de toutes conditions, dont EGAS COELHO

FERRANTE

Messieurs, doña Inès de Castro n'est plus. Elle m'a appris la naissance prochaine d'un bâtard du prince. Je l'ai fait exécuter pour préserver la pureté de la succession au trône, et pour supprimer le trouble et le scandale qu'elle causait dans mon État. C'est là ma dernière et grande justice. Une telle décision ne se prend pas sans douleur. Mais, au-delà de cette femme infortunée, j'ai mon royaume, j'ai mon peuple, j'ai mes âmes ; j'ai la

charge que Dieu m'a confiée et j'ai le contrat que
j'ai fait avec mes peuples, quand j'ai accepté d'être
roi. Un roi est comme un grand arbre qui doit faire
de l'ombre... *(Il porte la main sur son cœur et
chancelle.)* Oh! je crois que le sabre de Dieu a
passé au-dessus de moi.

On apporte un siège. On l'assoit.

EGAS COELHO

Mon Roi! — Vite, cherchez un médecin!

FERRANTE

J'ai fini de mentir.

EGAS COELHO

Ne mourez pas, au nom du ciel! *(Bas.)* Pedro
roi, je suis perdu.

FERRANTE

Maintenant je ne te demande plus ton secret. Le
mien me suffit. Je te laisse en paix.

EGAS COELHO

Vous me laissez en enfer. Mais non, vous n'allez
pas mourir, n'est-ce pas?

FERRANTE

Dans un instant, je serai mort, et la patte de
mon fils se sera abattue sur toi.

EGAS COELHO

Inès n'est peut-être pas morte. Un billet, grif-
fonnez un billet... J'essaierai de les rejoindre sur la
route.

FERRANTE

Elle est morte. Dieu me l'a dit. Et toi tu es mort aussi.

EGAS COELHO

Non ! Non ! Ce n'est pas possible !

FERRANTE

On arrachera ton cœur de ta poitrine et on te le montrera.

EGAS COELHO

Non ! Non ! Non !

FERRANTE

Avant d'expirer, tu verras ton propre cœur.

EGAS COELHO, *hagard.*

Qui vous l'a dit ?

FERRANTE

Dieu me l'a dit.

EGAS COELHO, *se jetant à genoux*
aux pieds du Roi.

Ne me poussez pas au désespoir.

FERRANTE

Le désespoir des autres ne peut plus me faire peur.

EGAS COELHO

Vivez, mon Roi, vivez, je vous en supplie !

FERRANTE

Je cède quelquefois à qui ne me supplie pas ;
jamais à qui me supplie.

EGAS COELHO, *se relevant.*

Alors laissez-moi fuir. Vivez un peu ! Seulement
un peu ! Le temps que je fuie... *(Aux assistants.)*
Vivants de chair et de sang, mes compagnons, vous
qui allez vivre, n'est-il pas un de vous qui veuille
que je reste en vie ? *(Silence.)* Il n'y a donc
personne qui veuille que je vive ? *(Silence.)*

FERRANTE, *le prenant par le poignet.*

Messieurs, je ne sais comment l'avenir jugera
l'exécution de doña Inès. Peut-être un bien, peut-
être un mal. Quoi qu'il en soit, voici celui qui,
avant tout autre, l'a inspirée. Veillez à ce qu'il en
réponde devant le roi mon fils. *(Egas Coelho
cherche à fuir. Des assistants l'entourent et l'entraî-
nent.)* Ô mon Dieu ! dans ce répit qui me reste,
avant que le sabre repasse et m'écrase, faites qu'il
tranche ce nœud épouvantable de contradictions
qui sont en moi, de sorte que, un instant au moins
avant de cesser d'être, je sache enfin ce que je suis.
(Il attire Dino del Moro et le tient serré contre lui.)
Que l'innocence de cet enfant me serve de sauvegarde quand je vais apparaître devant mon Juge.
— N'aie pas peur, et reste auprès de moi, quoi
qu'il arrive... même si je meurs... Dieu te le
rendra, Dieu te le rendra, mon petit frère... —
Bien meilleur et bien pire... *(Il se lève.)* — Quand
je ressusciterai... — Oh ! le sabre ! le sabre ! —
Mon Dieu, ayez pitié de moi !

Il s'écroule.

DINO DEL MORO, *mettant un genou en terre devant le cadavre du Roi.*

Le Roi est mort ! *(Extrême confusion. Voix diverses :)* Il faut aller chercher un médecin ! — Vous voyez bien qu'il est mort. — Que l'on ferme les portes du palais !

Au milieu de ce tumulte, on apporte sur une civière Inès morte, pendant que des cloches sonnent. Le tumulte à l'instant s'apaise. En silence, tous s'écartent du cadavre du Roi étendu sur le sol, se massent du côté opposé de la scène autour de la litière, à l'exception de Dino del Moro qui, après un geste d'hésitation, est resté un genou en terre auprès du Roi. A ce moment apparaît don Pedro ; il se jette contre la litière en sanglotant. Le lieutenant Martins entre à son tour, portant un coussin noir sur lequel repose la couronne royale. Pedro prend la couronne et la pose sur le ventre d'Inès, puis il se tourne vers l'officier des gardes ; celui-ci dégaine ; tous les gardes font de même et présentent l'épée. Alors Pedro force par son regard l'assistance à s'agenouiller ; le Prince de la mer ne le fait qu'à regret. Pedro s'agenouille à nouveau, et, la tête sur le corps d'Inès, il sanglote. L'assistance commence à murmurer une prière.

A l'extrême droite, le corps du roi Ferrante est resté étendu, sans personne auprès de lui, que le page andalou agenouillé à son côté. Le page se lève avec lenteur, regarde longuement le cadavre, passe avec lenteur vers la civière, hésite, se retourne pour regarder encore le Roi, puis, se décidant, va s'agenouiller avec les autres, lui aussi, auprès de la civière. Le cadavre du Roi reste seul.

FIN

COMMENT FUT ÉCRITE
LA REINE MORTE

Jean-Louis Vaudoyer a raconté comment, en octobre 1941, il me prêta trois volumes d'anciennes pièces espagnoles, me suggérant d'en traduire une à nouveau pour la Comédie-Française. Mais — modestie ou oubli ? — il n'a pas dit que, des quatorze pièces contenues dans ce recueil, et que je lus toutes, celle qui m'a servi de point de départ pour *Reine morte* était précisément l'une des deux qu'il me signalait. Tant il avait bien flairé ce qui pouvait me convenir.

D'abord, il ne s'était agi que de traduction. Puis très vite je pensai : il n'y a qu'une adaptation qui m'intéresse. Puis, de ma lecture, je conclus que dans ces trois tomes il n'y avait rien pour moi. Toute cette production dramatique du « siècle d'or » est peut-être un moment important de l'histoire du théâtre. Superficielle et sans caractères, elle n'a pas d'importance humaine. Vaudoyer m'avait pointé sur *Aimer sans savoir qui*, de Lope de Vega, et *Régner après sa mort*, de Guevara. *Amar* me parut une pièce plutôt agréable, mais il n'y avait pas la moindre nécessité à ce que je m'insérasse sur elle. Quant à *Reinar*, voici la note par laquelle, le 10 octobre 1941, je résumai pour moi-même mon impression :

« REINAR. — Non. C'est une armature que je pourrais garder mais en changeant tout ce qu'il y a dedans, aussi bien les caractères que le dialogue. Or, ces situations sont on ne peut plus éloignées de ce que je puis nourrir de moi-même. Un roi qui tue la femme qui s'oppose à la bonne constitution du royaume ! Un prince devant sa femme morte ! Et qu'il y ait si peu à prendre à Guevara ; qu'il s'agisse, sans plus, de substituer une création de moi à la sienne. »

J'ai la malheureuse habitude de me réveiller au milieu de la nuit, chaque nuit sans exception, et de rester alors un certain temps éveillé, ou quelques minutes, ou quelques heures. Réveillé dans la nuit qui suivit cette lecture, tout changea de forme. Comment chacun des personnages de *Reinar,* et chacune de ses situations, pouvaient-ils être branchés sur ma vie intérieure, de façon à en être irrigués ? Comment les *placer,* de façon qu'il y eût prise ? Comment les allumer à moi ? Dans un court temps — pas plus d'une heure, je crois, — il se fit une large mutation et appropria-tion, semblable à celles que nous voyons se faire dans les films documentaires sur les sciences naturelles, quand nous est représentée en une minute telle croissance végétale qui dans la réalité s'accomplit en plusieurs semaines. Tout se mit à bouger. Chaque personnage et chaque situation de Guevara, qui étaient pour moi des choses mortes, vinrent se coller sur ma vie privée et s'en nourrir. Déjà je pouvais les appeler mes créations. Dans le silence de la nuit, je sentais affluer en elles le sang qui sortait de moi-même. L'infante devenait malade d'orgueil, parce que je fus ainsi en certaines périodes de ma jeunesse. Le roi, dont le caractère est à peine esquissé chez Guevara, prenait forme, pétri de moments de moi. Inès n'était plus une femme qui a un enfant, mais une femme qui en attend un, parce qu'il y avait là une matière humaine que des dames amies m'avaient rendue familière, etc. Chacune de ces créatures devenait tour à tour le porte-parole d'un de mes *moi.* Enfin je pressentais que je pourrais dire un jour, de tout ce qu'il y aurait dans cette œuvre, le mot du roi Ferrante : « Je connais tout cela », ou encore, reprenant ce que je disais jadis d'*Aux fontaines du désir :* « Tout cela a été crié. » Bref, *La Reine morte* rentrait dans la règle qui gouverne toutes mes œuvres, auxquelles j'applique le mot de Goethe sur les siennes : qu'elles ne sont jamais, l'une ou l'autre, que des fragments de ses mémoires.

Dès lors (à condition de refaire entièrement la pièce espagnole, en ne conservant que quelques éléments de son armature), je pus annoncer à Vandoyer que j'écrirais *La Reine morte.* Puis je n'y pensai plus, assuré qu'à l'heure choisie je ferais de cette œuvre ce que je voudrais.

En mai 1942, je me donnai cinq semaines pour écrire la pièce. J'allai à Grasse et m'enfournai dans ce travail. Je voulais que tout fût fini à telle date, parce que, s'il y a de certaines œuvres romanesques sur lesquelles il n'est pas mauvais de s'endormir un peu en les écrivant, sur une œuvre théâtrale il ne faut pas dormir du tout. Ce fut alors une cuisine vraiment infernale ; mettons une alchimie, mot plus noble. De nouveau, le rapprochement s'impose, avec la vie monstrueuse des plantes, telle que nous la voyons dans les documentaires de cinéma. Grouillement, éclosions saugrenues, accouplements hybrides, métamorphoses extravagantes : si le monde pouvait se douter de quoi et comment est faite une œuvre ! « Mais qui donc verse en lui ce qu'il reverse en nous ? » se demande Hugo, de Palestrina, je crois. Oui, qui donc ? et quoi donc ? Ah ! si le monde savait ! Dans l'état de création où j'étais, tout ce qui tombait sur moi fleurissait incontinent. Mon sujet attirait, polarisait, pompait tout, et le fécondait. Là-dedans je fourrais tout, comme Cellini jette son argenterie, et quelque objet de métal qui se trouve sous sa main, dans le métal en fusion qui va devenir le *Persée :* un fait divers lu dans le journal, un souvenir de lecture, des paroles qui venaient de m'être dites étaient utilisés sur-le-champ. Le Hasard lui aussi est une Muse.

Et c'est ici qu'il faut toucher un mot de cette particularité si importante de la vie créatrice : *l'unité de l'émotion.* Stendhal a écrit de Michel-Ange qu'il allait voir le Colisée quand il travaillait à Saint-Pierre : « Tel est l'empire de la beauté sublime : un cirque donne des idées pour une église. » Pareillement je dirai : « La colère que vous éprouvez ressort dans votre art en cris de tendresse ; la douleur en cris de plaisir ; peu importe de quelle espèce est votre émotion, il suffit que vous soyez ému. » Aussi — mon art étant un art pathétique — ai-je toujours béni tout ce qui dans ma vie m'a échauffé, assuré que du métal bouillonnant je pourrais faire ce que bon me semblerait ; l'essentiel était qu'il y eût bouillonnement. De ce phénomène donnerai-je un exemple ? En 1929, j'écrivais *Pasiphaé.* Là-dessus un vieil écrivain, et fort honoré, à deux jours de distance me pose deux lapins. J'entre en fureur ; le dépit de l'amour-propre blessé insinue son feu dans les cris de l'héroïne fabuleuse, qui sont des cris de désir, d'horreur, de douleur, tous sentiments sans rapport ni sans proportion avec l'amour-propre blessé. De même une partie du pathétique de *La Reine morte,* et notamment toute l'expression « maternelle » d'Inès sont nées de situations ou d'incidents aussi éloignés du sujet que *Pasiphaé* put l'être des lapins de mon vieux confrère. Je le répète, le public serait effaré s'il savait dans quelle marmite de sorcière a bouilli une œuvre littéraire avant de lui être présentée. (A l'effarement du public s'il savait comment est fabriquée une œuvre correspondrait l'effarement de l'auteur s'il savait comment son œuvre est comprise dans le public. Mais vive le malentendu !)

Je travaillais dans la campagne de Grasse, aussi ennuyeuse que l'est toute campagne. (J'ai des idées naïves sur le bienfait de « prendre l'air ». Dieu sait à quel point j'ai pu œuvrer contre moi-même en m'entêtant à écrire *dehors* la plupart de mes ouvrages ; et je suis convaincu que *La Reine morte,* notamment, eût été quelque chose de plus trapu si je l'avais écrite dans une chambre ; sans parler du temps perdu : ce qui a été bouclé en cinq semaines l'eût été en trois.) Pourtant, même assis le cul en terre, parmi les épouvantables délices de la *res rustica,* je veux dire le soleil qui vous aveugle, le vent qui surexcite vos feuillets, les mouches, les vers de terre, les fourmis, les chenilles, les toiles d'araignées, les tessons de bouteille et les étrons, je connaissais ces moments extraordinaires, quand le sang aux joues, l'accélération des battements du cœur, le frisson dans le dos, etc. communiquent à l'artiste la sensation d'un état sacré. Ces phénomènes, et la facilité inouïe de la création romanesque (surtout de la création dramatique, dont la facilité et la rapidité me paraissent monstrueuses), nous donnent alors l'illusion du miracle, mais ce n'est bien qu'une illusion ; car l'œuvre a été longuement portée, et cette transe n'est que la crise de dénouement d'un travail interne, insensible et sporadique, qui dure peut-être depuis des années. Les jours qui suivirent celui où je composai la mort de Ferrante, je ne pouvais relire ce passage sans que les larmes me vinssent aux yeux. Bravo ! Où irions-nous, grand Dieu, si les créateurs romanesques ne mettaient pas une petite pointe d'hystérie dans leur affaire ! Ces larmes m'ont été rendues, du moins en quelque sorte, par le public de la Comédie-Française : dans la salle, transformée chaque soir par l'hiver en une vaste salle d'hôpital, les mouchoirs tirés des spectateurs coryzateux et sans gêne permettaient à l'auteur et aux acteurs de croire que Margot avait pleuré.

C'est à Grasse aussi que naquirent et se développèrent,

entièrement constitués et viables d'un seul coup, mais cette fois en quelques minutes d'insomnie (entendons-nous : d'insomnie lucide, et non de demi-rêve, car je n'ai jamais eu l'honneur d'avoir des états seconds), les personnages d'Egas Coelho et du petit page Dino del Moro, inexistants pour moi jusqu'alors, et désormais si importants : le premier n'est qu'à peine dans Guevara, le second n'y est pas du tout. L'invention proprement dite de la pièce était faite, d'ailleurs, presque en entier, durant ces insomnies au fort de la nuit ; c'était l'heure profonde des grandes germinations.

La pièce fut terminée avec quelques jours d'avance sur mon horaire. De toute cette poussière de petits faits et de petites phrases qui m'avaient été fournis par l'extérieur, je pouvais dire : « J'ai pris la poussière des autres et je m'en suis doré. » Mais de la pièce de Guevara je ne pouvais penser que ce que m'écrivit plus tard Marcel Arland : « Tout ce qui compte dans *La Reine morte* est de vous. » Il me semble aujourd'hui que cette *Reine morte* est — avec *Les Olympiques* — celui de mes ouvrages auquel je suis le plus attaché. Et toutefois, comment n'en vouloir pas un peu à quelque chose qui est presque vous-même, et qui existera encore quand, vous, vous n'existerez plus ?

Maintenant, dans les mêmes lieux où fut écrite *La Reine morte,* une autre œuvre [1] pointe, se gonfle et commence de rouler, comme une lame naît au même point où naquit la lame précédente, et la remplace sur la surface de la mer.

1943.

_____

1. *Fils de personne.*

QUAND NOS PRISONNIERS
JOUAIENT *LA REINE MORTE*

par un ancien prisonnier

Nous fûmes conduits le 17 juin 1940 au kommando de Wistznitz, à vingt-huit kilomètres de Leipzig. Nous devions rester cinq ans dans ce paysage apocalyptique, fait d'immenses trous noirs, de lacs d'eau noire, — le noir du charbon. Nous étions affectés au travail de la mine.

Comme dans presque tous les autres kommandos, la troupe théâtrale commença (pas avant le printemps 1941) par un accordéon, puis un banjo, puis une guitare : chansonnettes, clowneries et pitreries. Un jour on me demanda si je pouvais faire une robe avec de vieux chiffons, afin d'habiller un de nos camarades en Martiniquaise pour une attraction en plein air. Je me mets au travail et avec de vieux caleçons, de vieilles chemises, un peu de teinture achetée aux Allemands contre des cigarettes, j'entreprends de faire à la main mon premier costume : cinquante-six mètres de volants jaune clair et vert foncé, montés sur un fond de vieux chiffons ! Ce fut le début de notre théâtre.

Nos premières pièces, jouées en plein air, furent des pièces en un acte : *Seul ; La Dame de bronze et le Monsieur de cristal,* de Duvernois ; *Les Grands Garçons ; Faisons un rêve,* etc.

Pour la Noël 1942, les Allemands nous permirent de disposer de la scène de la Turnhalle de Borna qui avait des dimensions assez vastes : 11 mètres de face, 8 de profondeur, 6 m 50 de haut, avec une salle de quinze cents places. Nous y débutâmes par *Gringoire,* dans une mise en scène un peu music-hall peut-être, mais il nous fallait compenser la pauvreté de notre matériel par tout ce que nous pouvions trouver de brillant : ruban or, papier argent, teinture, jeux de lumière, etc.

Le succès de *Gringoire* m'avait donné l'idée de faire
représenter pour la Noël suivante une œuvre de caractère
plus grandiose. C'est alors que nous recevons dans un colis
de la Croix-Rouge *La Reine morte* de Montherlant. Je lis la
pièce, je suis emballé, mais je n'en dis rien à personne,
quand un camarade de la troupe, piqué lui aussi de beau
théâtre, me pousse à la monter. Nous nous décidâmes
enfin, non sans de nombreuses discussions avec ceux de nos
camarades qui faisaient valoir toutes les difficultés à
vaincre pour mettre sur pied une pareille œuvre.

En juin 1942, je commençai, en même temps que les
répétitions, mon premier costume, celui de l'Infant. Je fis
ensuite celui de Pedro. Je le voulus tout blanc pour montrer
le caractère droit du prince en opposition avec le costume
noir de son père au caractère tortueux et sombre. Le
collant est un caleçon à moi ; le justaucorps est taillé dans
un morceau de molleton blanc parsemé de borax. Il me
fallait d'énormes manches gigot à fond rouge vif : un
drapeau nazi fit l'affaire. Les torsades sur les manches
étaient de molleton blanc ; les bourrelets de fourrure
blanche étaient de laine de verre (isolant qui sert pour les
installations de chauffage central). Le col, la ceinture, les
poignets étaient faits de ce ruban de laine or dont on garnit
les arbres de Noël. Les poulaines, le chapeau, de molleton
blanc également. Le manteau était mon sac de couchage.

Je fis ensuite le costume du roi Ferrante avec de vieilles
chemises et des caleçons noirs, ce qui n'était pas difficile
car quelques-uns d'entre nous, travaillant comme mineurs,
avaient du linge en tissu noir. Les fleurs stylisées du
pourpoint furent brodées avec du câble électrique d'alumi-
nium, sur de vieilles couvertures. Ce costume put être
rapporté à Paris par un de nos camarades, en juin 1945
(ainsi que la maquette de l'acte III). N'a-t-il pas quelques
titres à figurer au musée de la Comédie-Française ?

Quand chaque costume était terminé, il était mis dans
une grande boîte à nouilles et camouflé jusqu'au jour de la
représentation. Je vois encore la tête des sentinelles quand
elles nous ont vus retirer de ces boîtes toute cette garde-
robe.

Nos autres pièces ne nous avaient jamais demandé plus
de deux mois pour les monter. *La Reine morte* nous en
demanda sept. Les répétitions nous donnaient beaucoup de
mal. Nous n'arrivions jamais à nous rencontrer tous

ensemble, les uns travaillant de nuit, les autres le matin, d'autres l'après-midi. Nous devions procéder comme au cinéma, par séquences. Il fallait compter aussi avec les alertes.

J'ai souvent dit à mes camarades que, pour obtenir un minimum de résultats, il fallait toujours travailler au maximum. Nous n'avions pas chez nous de talents supérieurs à ceux qu'on pouvait trouver dans les autres kommandos, nous n'étions pas triés. Hormis mon ami Georges Redon et moi, aucun de nous n'avait joué même en amateur ou au patronage. Comment faire monter ces gars sur scène sans que paraisse leur gaucherie ? Il fallait recourir parfois à des subterfuges. C'est ainsi que j'eus l'idée de faire évoluer les hérauts d'armes militairement, sous la conduite d'un de nos gradés. Je me souviens du « demi-tour à droite » parfait, du déploiement en arc de cercle autour d'Inès de Castro que l'on venait de ramener morte sur la scène. C'est au travail que nous apprenions nos rôles, quelquefois par un froid qui allait jusqu'au-dessous de moins 15 degrés, la plupart d'entre nous en maniant la pioche dix heures par jour au fond de la mine, souvent tirant notre rôle de notre poche, à la dérobée, pour que l'Allemand qui nous surveillait ne pût nous surprendre. Ferrante recopiait ses tirades sur de petits bouts de papier qu'il collait sur le manche de sa pelle. Les cabinets où l'on pouvait s'isoler, nous servaient aussi beaucoup pour apprendre nos rôles. Quelle place ont tenu les cabinets dans l'élaboration de *La Reine morte* !

Cependant je continuai mes costumes : peau de lapin blanc pour le corsage d'Inès, déchets de tulle empesé pour sa jupe. Pour les cottes de mailles des gardes j'avais collectionné tout le papier d'étain de nos biscuits, de nos chocolats, de nos cigarettes. Sur un fond de vieux tissus teints en rouge, je les cousis à la machine. La machine faisait froncer le papier en mille facettes, la moindre source de lumière jouait là-dessus : cela était d'un gros effet. Le costume de l'Infante fut taillé dans un rideau. Chacun de ces costumes eut son histoire. Il y en eut trente-deux de faits pour *La Reine morte*. Bien que, par les journaux, nous eussions connaissance des décors et des costumes de la Comédie-Française, je voulus ne rien copier ; nos décors et nos costumes furent originaux.

Que de mal il nous en a coûté pour conserver ce

matériel ! Un jour on désinfecte le magasin : tous nos tissus sont maculés et les papiers d'étain ternis. Un jour ce sont les grillons qui dévorent tout notre tulle amidonné et tout le poil du molleton. Un jour, c'est une fouille qui nous coûte notre matériel électrique. Il fallait tout recommencer.

Pour les décors nous utilisâmes principalement des bâches de papier goudronné, de 4 m 50 sur 6 mètres, qui servaient à recouvrir les wagons de briquettes.

Il fallait qu'à chaque tableau il y eût un clou. La cheminée du IIIe acte, par exemple, était un clou. Dans l'âtre, de grandeur d'homme, il y avait un feu avec des flammes de voile de soie actionnées par un ventilateur camouflé dans la marche. Elles étaient éclairées par deux diffuseurs, un jaune, un rouge, et elles bougeaient et changeaient de teinte selon qu'elles étaient présentées à l'un ou à l'autre. A côté de la cheminée, un grand candélabre de trois mètres de haut, œuvre du prince Pedro de Portugal, qui soudait à la fabrique et rentrait au kommando en pièces détachées, à la barbe des sentinelles, des morceaux de ferraille pris dans la mine, et un autre candélabre de l'autre côté de la scène. Soit en tout seize bougies, que j'ai fondues une à une, chaque soir, avec de la graisse de cheval qu'un copain m'apportait de la boucherie où il travaillait. La mèche était une corde. Ça fumait beaucoup, mais ça donnait de belles flammes.

Le vitrail fut un autre clou. Les vitres étaient remplacées par la cellophane de toutes couleurs qui enveloppait nos pains d'épices dans nos colis. Un projecteur derrière.

Toute la troupe travailla à *La Reine morte*. Les chaussures étaient faites par des gens du métier, avec du carton et du tissu ; les bijoux par un joaillier, avec du papier argent et or : les pierreries étaient de cellophane de toutes couleurs montée sur boutons (le diadème de l'Infante et la couronne royale étaient de véritables joyaux). Le cardinal — car nous avions ajouté un cardinal ! — s'était fait lui-même sa croix pastorale, découpée dans du contre-plaqué et recouverte du papier vieil or qui enveloppe le *viandox*.

Les meubles eux aussi étaient faits par des spécialistes. Chacun rapportait de la mine qui une planche, qui un rouleau de papier, des pointes, du matériel électrique pris sur les machines. Nos couvertures devinrent des tapis.

La représentation eut lieu à la Noël 1943 devant quinze cents prisonniers ou travailleurs civils de la région, et un certain nombre d'officiers allemands. Elle eut un grand retentissement, et, devant le succès, la pièce fut reprise par nous en mai 1944.

A vrai dire, à la première, j'étais un peu inquiet. Comment le public allait-il réagir ? Les détracteurs disaient que nous allions à un four certain ; que, pour des prisonniers, il fallait de la rigolade : *Les Dégourdis de la XIᵉ* ou *Le Tampon du capiston*. Je leur rétorquais que nous jouions devant un public parce que nous ne pouvions quand même pas jouer devant des chaises vides, mais qu'il fallait monter des pièces pour soi aussi. Si ça plaisait, tant mieux ; sinon, tant pis. Et ça plut.

Dès les premières répliques, je vis que le public était pris. Beaucoup n'en ont compris l'intrigue, mais malgré tout, pendant les trois actes, la salle marcha à fond ; et le concierge allemand me fit un immense plaisir quand, après la séance, il vint me dire que nombre de mes camarades, dans la salle, avaient le mouchoir à la main au dernier acte. Chose curieuse, personne ne toussait. Ce même concierge avait bien failli crier « au feu » quand il avait vu les flammes dans la cheminée.

Ce dernier acte, joué dans la pénombre, était d'un effet saisissant. La fin, qui était jouée sans une seule parole, était particulièrement scénique. Et, pendant que l'orchestre attaquait une marche funèbre recopiée de mémoire pour la circonstance, le rideau se baissait très lentement tandis que Dino del Moro, qui se trouvait agenouillé sous un candélabre, se faisait consciencieusement arroser de graisse de cheval par les bougies qui inondaient tant qu'elles pouvaient son manteau blanc et sa perruque blonde à fils d'or.

Je me suis souvent demandé ce qu'auraient été pour nous ces cinq années sans le théâtre. Il nous a aidés à penser moins à notre sort, nous a appris l'art du débrouillage, nous a permis d'éduquer quelques-uns de nos camarades, et nous-mêmes, car c'est en travaillant nos textes, celui de *La Reine morte* surtout, que nous en découvrions, chaque jour un peu plus, les finesses et les beautés. Le théâtre a été, dans notre petit kommando, comme dans les grands camps, un puissant soutien moral durant nos années d'épreuve.

Roger Jeanne.

LA CRÉATION
DE *LA REINE MORTE*

Contrairement aux souvenirs de quelques-uns, la générale de *La Reine morte,* donnée le 9 décembre 1942, ne fut que tiède. Rien de comparable aux générales vibrantes de *Fils de personne* et du *Maître de Santiago.* Je revois les visages mal satisfaits de deux des principaux interprètes tandis qu'ils venaient recueillir leur maigre ration d'applaudissements. Je revois ce brillant confrère qui, saisi d'un aimable zèle, commença par applaudir, debout, les deux mains presque au-dessus de sa tête en forme de « chapeau chinois », tandis qu'en même temps ses yeux voletaient à droite et à gauche pour voir si on « suivait » mais, comme on ne suivait pas, arrêta *decrescendo* le mouvement et se rassit en tapinois. Je revois ce critique alors célèbre qui, m'abordant, me résuma ainsi toute l'impression que lui faisait ma pièce : « Bravo ! Mais permettez-moi une observation : le mot *comme* revient bien souvent dans votre texte... »

A défaut de ces souvenirs très précis, j'aurais pour témoignage la phrase que j'écrivis le lendemain dans mes *Carnets* (parus en librairie) : « Ce samedi de travail mélancolique et tranquille... »

Le lendemain, « mélancolique et tranquille » (« tranquille » : ma générale, décidément, n'avait pas créé beaucoup de remous), de cette générale, je me rendis l'après-dîner au théâtre pour la première. J'arrive ; l'administrateur, Jean-Louis Vaudoyer, m'apprend qu'on a fait depuis la veille d'amples coupures. Ces coupures étaient nécessaires, et Dieu sait que je suis facile sur les coupures : d'ordinaire je les propose. Du moins demandé-je à être consulté. C'est ce que je dis à Vaudoyer, non sans éclat, semble-t-il, et puis je pars en claquant la porte, décidé à rentrer chez moi. Ici Vaudoyer prétend (avec le sourire) que, rencontrant Mme Vaudoyer dans l'escalier, je la renversai, de fureur ; d'autres ajoutent que, l'ayant renversée, je la piétinai sauvagement. Mettons que je la bousculai un peu, sans l'avoir reconnue.

Sur le chemin du retour, et tout plein du meurtre final de *La Reine morte,* j'eus un léger frisson en pénétrant sous l'arcade qui mène de la cour du Louvre au quai. C'était, en effet, époque de *black-out,* et qui entrait sous cette arcade s'enfonçait dans une obscurité opaque — un noir d'encre —, pleine d'encoignures propices à un guet-apens. Si Vaudoyer, me voyant partir, avait dépêché quelqu'un avec un poignard, pour m'attendre là ? Mais Vaudoyer n'y avait pas pensé : c'est un peu plus tard seulement (1944) que ces encoignures devaient servir à assassiner. Je rentrai donc sauf, et décrochai le récepteur de mon téléphone, afin d'échapper aux reproches que je prévoyais. — C'est ainsi que je n'assistai pas à la première de *La Reine morte,* et n'en eus sur le moment nul écho.

Le lendemain, Vaudoyer et moi, nous nous pardonnâmes mutuellement : il est toujours très bien qu'il y ait une goutte de magnanimité dans les grands événements historiques. Il m'avait donné la Comédie-Française ; je lui donnai une de mes antiques : un masque de théâtre en marbre dont la bouche aux coins abaissés me rappelait, ensemble, le brame douloureux de Ferrante et « l'amertume affreuse de la Tragédie ».

Voici les notes que je traçai ce jour-là sur quelques-uns de mes principaux interprètes.

JEAN YONNEL. — *Yonnel soutient toute la pièce, comme le maître-mât soutient toute la tente. Je crois sans peine ce que disent les gens plus familiers que moi avec le théâtre : que voici le meilleur rôle de sa carrière. De sa présence léonine il enveloppe tantôt son fils, tantôt Egas, tantôt Inès. Son orgue magnifique, ses rugissements féroces et ses brames gémissants, qui ne sont jamais que la voix de la mort, sont la voix même qui sort depuis des millénaires de la « bouche d'ombre » que j'ai donnée à Vaudoyer.*

« Ah ! la mort ! qui vous met enfin hors d'atteinte. »

— « Nous sommes bien loin ici du Royaume de Dieu. »

— « *Cela est étrange, mais il n'y a que des choses étranges par le monde.* » Ces phrases, sorties de ma vie privée, y rentrent avec un accent nouveau, celui qu'y met Yonnel et, à l'heure de ma mort, je les y trouverai avec cet accent-là. Alliage bizarre de votre moi le plus intime et d'une personnalité autre que la vôtre.

Mlle MADELEINE RENAUD. — *La diction parfaite et délicate; l'artiste et l'instrument ne faisant qu'un. Des possibilités de virtuose, sans jamais de virtuosité. De l'émotion, sans jamais une improvisation. La patience et l'effort effacés; l'art masqué par l'art. Les choses apprises mises au service des dons humains. Une source dirigée, distribuée, mais intacte. Un jeu de vertus naturelles ou acquises, dont aucune ne se fait valoir au détriment d'une autre. L'expérience, l'intelligence et l'instinct obtenant cette sorte d'équilibre, qu'on appelle la qualité. Je dirais enfin : « un talent dans la tradition française », si je ne craignais d'avoir l'air de vouloir, par ces mots, desservir* in cauda Mlle *Madeleine Renaud.*

Mlle RENÉE FAURE. — *Le rideau se lève. Toreros et matador entrent et occupent leurs places respectives, en silence. Un temps d'attente. Puis le taureau fonce dans l'arène. Le taureau est Mlle Faure, Infante de Navarre. Noir et petit, c'est-à-dire, tout juste, les taureaux navarrais.*
Mlle Faure, si incertaine aux répétitions. Transfigurée (du moins dans sa scène du début) la première fois qu'elle joue devant le public. La voilà ménade. Le tempérament monte en elle comme une eau violente dans un tuyau de pompe, qui le fait frémir. Ses narines se gonflent, sa gorge palpite, la veine de son cou se tend et tremble; ses yeux de folle. Elle a jusqu'à cette hauteur qui lui manquait, en apparence si irrémédiablement. Les Espagnols ont un proverbe : « Les belles femmes se reconnaissent au dédain. »
Nous voici très loin des infantes authentiques représentées dans les toiles du Prado, fillettes malsaines qui se disputent la méchanceté, la fausseté, la sottise et l'onanisme. D'ailleurs très loin aussi, il faut le dire, de véritable casticismo. *Mettons Murillo, en ce qu'il a qui n'est pas espagnol. Mettons la jeune fille de droite dans la Crucifixion de Talavera, c'est-à-dire l'Ombrie, ou peut-être le Maine-et-Loire, cirés un peu au noir espagnol.*

Que ce soit avec Inès ou avec le Roi, l'Infante se bat contre un monde peuplé d'êtres qui l'étonnent et l'irritent, précisément comme fait le taureau dans l'arène.

Mais quand Mlle Faure crie son « cri irrité », les plis qui tirent sa bouche en arrière, comme si on tirait cette bouche avec un mors, me rappellent une jument amère que je montais dans le Sud tunisien, et qui sans repos mâchait son mors, dont elle était meurtrie horriblement. Et de sa bouche coulait cette même écume que l'Infante essuie à la sienne. Et des oiseaux du ciel, aussitôt tombée, venaient becqueter cette écume affreuse.

Il en arriva de *La Reine morte* comme de *Malatesta*. Une fois sortie de la zone des confrères, l'œuvre, livrée au public, prit son cours naturel et vogua heureusement : elle a été jouée depuis dans presque tous les pays d'Europe. Les principaux rôles avaient été distribués en triple, voire en quadruple, pour que les congés ne gênassent pas la marche de la pièce : ainsi la centième put-elle être atteinte en une année. Les queues s'étendaient jusque dans la rue Montpensier, contournant le théâtre. Le marché noir des places fleurissait ; on dut prendre des mesures contre les revendeurs. Le volume se vendait comme un roman.

Quelquefois, d'abord on ne savait pourquoi, un applaudissement isolé fusait. Je percevais alors que telle parole d'un de mes personnages avait paru une allusion politique. Un zigoto perdu dans son idée fixe (l'idée fixe de l'actualité) avait sauté là-dessus et, laissant passer tout le reste, avait gobé juste cette petite phrase-là, comme un fox-terrier qui saute et gobe une mouche. Si, en faisant dire au roi Ferrante : « Ah ! quand je vois ce peuple d'adorants hébétés, il m'arrive de trouver que le respect est un sentiment horrible », j'avais songé à certain chef d'État, que ne rebutaient pas les « adorants », ce personnage était l'inspirateur de ma phrase, il n'en était pas la cible. On l'y voyait pourtant. Mais que ne voyait-on pas ! Des jeunes gens de la Résistance, au poulailler, faisaient un sort, fréquemment, aux paroles d'Egas Coelho poussant le roi à assassiner (« On tue, et le ciel s'éclaircit »), qui leur semblaient une apologie du terrorisme. Mme Odette Micheli, alors déléguée de la Croix-Rouge suisse pour l'assistance aux enfants français de la zone occupée, a entendu dire un soir par deux officiers allemands, tandis qu'ils se levaient et quittaient la salle : « Je ne comprends pas comment on laisse représenter de pareilles pièces. » Sans doute étaient-ce les répliques sur les prisons, et l'honneur qu'il y a à y être, qui les avaient choqués. Rien de plus divers, d'ailleurs, que les réactions de l'occupant. Le volume de *La Reine morte* fut interdit dans plusieurs camps de prisonniers en Allemagne. Dans d'autres, au contraire, les prisonniers jouèrent entre eux la pièce sans la moindre opposition, et même, au camp de Wistznitz, avec l'appui des autorités.

Le retour de *La Reine morte* à la Salle Richelieu lui a donné ce que donne le vernis à un tableau ancien : à la fois un éclat nouveau et des nuances nouvelles. Mais le public est, je crois, moins sensible à ces nuances qu'aux composantes plus faciles de la pièce. Alors qu'une œuvre comme *Fils de personne* verra son public toujours diminuer, parce qu'elle est fondée sur un sentiment très fin — le sens de la qualité humaine —, dont quelques années ont suffi pour qu'il paraisse d'un autre âge, les ressorts de *La Reine morte,* plus à la portée de la masse (le rôle qu'y joue *la peur,* notamment, comme d'ailleurs dans *Malatesta*), sont propres à lui garder une audience chez les contemporains. Aussi longtemps du moins que ceux-ci comprendront un peu ce dont il s'agit sur la scène, quand ils viennent au théâtre. Ce qui peut-être ne veut pas dire très longtemps.

1950.

EN RELISANT
LA REINE MORTE

Le souffle des femmes passe sur cette œuvre qui s'était calmée en vous, et la ranime, comme le vent qui se lève ranime la mer.

J'ai vu plusieurs fois *La Reine morte* au théâtre, depuis douze ans que cette pièce est représentée. Mais voir n'est pas lire, et seul le volume compte. Je ne l'avais pas relue, ou je ne l'avais relue qu'avec « l'œil typographique », pour en corriger des épreuves. Après douze ans, je l'ai relue pour essayer de comprendre ce que j'y avais mis. Mon manque de mémoire aidant je l'ai relue comme une œuvre qui ne serait pas de moi. Et je vais dire bonnement ce que j'ai cru y trouver. Sachant bien, néanmoins, que ces commentaires d'un auteur sur son œuvre la diminuent toujours, et la sorte de masochisme qui le pousse à les faire et à les rendre publics.

Et d'abord, devant cette *Reine morte,* quel sentiment? Un sentiment complexe. Mettons : une double humilité. Le regret de n'avoir pas fait une œuvre plus belle. Et, en même temps, se sentir assez petit devant ce qu'on a soi-même créé...

L'Infante est, avec le Roi, le plus rare caractère de la pièce. Grande, elle s'oppose à Inès — qui est douce, — comme, dans *Les Jeunes Filles,* Andrée Hacquebaut s'oppose à Solange. Une enfant. Malade d'orgueil. Malade d'impuissance : celle qui ne peut pas convaincre. Malade d'étrangeté. Attirée vers Inès, sa rivale heureuse, alors que n'importe quelle femme, à sa place, haïrait Inès ; mais c'est qu'elle n'est pas femme tout à fait. Névropathe, comme le

Roi. Elle a son langage à elle, sa « chanson heurtée, elliptique » (Barrès) — « déjà toute pleine du large, déjà mon âme, à contre-vent, était rebroussée vers toi », — un débit de gave navarrais, des images hagardes : la route, pour elle, est « pâle comme un lion », elle sent dans « son intérieur » une épée de feu, etc. Inès, c'est l'espoir. L'Infante, c'est le désespoir : elle hurle sans arrêt. Sa poésie est triste et convulsive ; celle d'Inès, était triste et étale. Ferrante la compare à un oiseau ; Inès, à un autre oiseau ; elle, elle parle de son âme, qui vole sur les remparts de sa ville. Et c'est vrai qu'elle fait penser à un oiseau ; mais auquel ? Au « fauve rossignol » d'Eschyle, à Cassandre. Elle n'apparaît que deux fois. Elle se jette « comme une vague » contre Ferrante. Puis elle se jette contre Inès. Puis elle revient : elle n'est plus qu'une ombre, et elle supplie encore. « Elle répète toujours le même cri, comme l'oiseau malurus, à la tombée du soir, sur la tristesse des étangs. » Puis l'oiseau cesse son cri, et la nuit est close. Il y a dans Eschyle des noms de pays, des noms de métaux, dont nul dans l'Antiquité ne savait ce qu'ils étaient : ses énigmes lui donnaient figure d'oracle. Qu'est-ce que l'oiseau malurus ? Quand l'Infante est en pleine crise de sa vie intime, le rappel de Sennachérib, qu'est-ce que cela vient faire là ? L'Infante disparue, il reste dans son sillage le sourire profond de la supériorité et de la douleur, avec une pointe de démence.

Toute la pièce est dominée par la figure du roi Ferrante, qui grandit à chaque acte et semble lentement se séparer de l'humain jusqu'à l'instant où il tombe.

Le théâtre est fondé sur la cohérence des caractères, et la vie est fondée sur leur incohérence. L'inconsistance de Ferrante est une des données de *La Reine morte*. La cohérence de ce caractère est d'être incohérent. Dino del Moro compare Ferrante aux lucioles, alternativement lumineuses et obscures : c'est tout le clair-obscur de l'homme, qui existe chez tous les êtres, mais poussé à un point extrême chez le Roi. « Vouloir définir le Roi, c'est vouloir construire une statue avec l'eau de la mer », dit son fils. Son état de fluence est tel qu'on le voit, au cours de la même phrase, ou presque, varier de sentiment. Lorsqu'il dit à Pedro : « Il m'arrive, quand je viens de duper merveilleusement quelqu'un, de le prendre en pitié, le voyant si dupe, et d'avoir envie de faire quelque chose pour lui », il est sincère. Mais Pedro lui ayant répondu avec sarcasme : « De lui lâcher un peu de ce qui ne vous importe pas, l'ayant bien dépouillé de ce qui vous importe », il oublie qu'il était sincère et c'est avec sarcasme, lui aussi, qu'il confirme : « C'est cela même. »

« Je suis comme un grand arbre qui doit faire de l'ombre... » Mais c'est une ombre maléfique. Ferrante est une canaille, qui aime les canailles, et qui l'avoue. En même temps il a de la délicatesse, de la gentillesse, voire de la tendresse (du moins il en eut : pour son fils), et, sans nul doute, une double grandeur, celle du roi et celle du chrétien. Intelligence trop vaste et trop subtile, qui se dévore elle-même, et que trahit de surcroît un corps usé. En même temps l'intuition du primitif : « Lorsqu'on doute si un inconnu est dangereux ou non, il n'y a qu'à le regarder sourire. » Toutes les passions humaines jouent en lui à plein rendement, et cependant : « J'ai toujours vécu enveloppé de la main divine. » Lorsque, au sortir d'un conseil qui a plutôt le fumet d'un conciliabule dans une caverne de brigands, il s'écrie : « O royaume de Dieu, vers lequel je tire, je tire, comme le navire qui tire sur ses ancres ! », il est sincère. Il tue, mais il croit à l'immortalité de l'âme, et il le dit à deux reprises, au moment même qu'il tue. La chronique des époques de foi est pleine de tels caractères : « Le Saint prie avec sa prière, et le pécheur prie avec son péché » (Claudel). Et il est sincère quand il dit qu'il est bon à ceux qui prétendent qu'il est mauvais, et mauvais à ceux qui le prétendent bon. Bref, il est ce que nous sommes tous, mais en tons très poussés : « bien meilleur et bien pire que le monde ne le peut savoir ».

Ferrante est étrange, et le sait : « Cela est étrange, mais il n'y a que des choses étranges par le monde. Et tant mieux, car j'aime les choses étranges. » Il est profond, et a horreur de sa profondeur. Ce coquin profond est attiré par l'Infante de Navarre, doña Bianca. Pour des raisons politiques, non par sensualité : il n'y en a pas trace dans cet homme à bout de course. Mais, avant tout, parce qu'elle aussi est étrange et profonde : lui et elle sont les deux êtres *de valeur* de la pièce. Et il est attiré par Egas Coelho, bien qu'il sache que celui-ci ne regarde que ses intérêts propres et même le trompe à l'occasion, parce que Egas, lui aussi, est étrange et inquiétant. Ces trois êtres sont un peu de la même famille que l'autre personne royale, Pasiphaé, qui pourrait dire comme Ferrante : « J'aime les choses étranges », et comme l'Infante : « Je fais peu de cas de la nature. » Dino del Moro, qui écoute aux portes, et qui *parle,* n'est pas lui non plus de tout repos. Seuls, Inès est toutes voiles dehors, par pureté, et Pedro, par simplicité. Tous les autres ont leurs ténèbres.

L'animadversion de Ferrante pour son fils n'est que le revers de son amour pour lui. Il n'aime pas Pedro parce que, le jugeant médiocre, il ne peut pas l'estimer. Le Pedro enfant, tout esprit, et toute grâce, l'empêche d'aimer le Pedro homme. Et quand le voici plein d'indulgence pour les pages, quand le voici qui, au moment de mourir, attire contre lui Dino del Moro, ne recherche-t-il pas en eux quelque chose de Pedro enfant, de même que, s'il a aimé l'Infante c'est, en partie, parce qu' « elle est le fils que j'aurais dû avoir » ? Sentiment paternel, douloureux d'être refoulé et aigri.

C'est au sortir du conseil que Ferrante se met à peser le pour et le contre, et dès lors il est perdu. Ainsi de toute action, chez un homme intelligent, s'il a le malheur de s'arrêter et de réfléchir. Ferrante finit par ordonner l'assassinat d'Inès, bien qu'il ait de la sympathie pour elle, et bien que le forfait soit désavantageux à sa politique. Comment expliquer cette apparente double contradiction ?

Ferrante est masculin à l'extrême. Masculin royalement. Vivant surtout par l'esprit. Incohérent. Indécis. De mauvaise foi. Vaniteux. Surtout faible. Les ennemis d'Inès, qui savent ce qu'ils font, l'entreprennent sur sa faiblesse. Pour leur montrer qu'il n'est pas faible, et se le montrer à soi-même, il ordonne le meurtre. « Et dire qu'ils me croient faible ! » s'écrie-t-il alors ; je lui ai prêté ce mot de vanité bouffonne au moment le plus tragique du drame. Faible, il est invinciblement porté à commettre certains actes, qu'il sait nuisibles pour lui-même, mais contre la tentation desquels il est sans défense. De même qu'il signe le traité avec le roi d'Aragon, tout en reconnaissant publiquement que c'est une sottise ; de même qu'il se fie à Egas Coelho, tout en déclarant qu'il sait que cette confiance est mal placée : de même il fait tuer Inès, bien qu'il voie que ce crime lui est non seulement inutile, mais funeste. Bien plus : « Leur puéril calcul est déjoué, dit-il des ennemis d'Inès ; je vois trop clair dans leurs machines. » Mais il se laisse prendre à ces machines, presque *volontairement,* dirait-on. Tous les psychiatres reconnaîtront ce type d'homme[1]. Faible, enfin, le meurtre d'Inès lui donne l'illusion qu'il va simplifier un problème inextricable. « Oh ! je suis fatigué de cette situation. *Je voudrais qu'elle prenne une autre forme.* » La situation, inextricable elle aussi, que créera la mort d'Inès, ne laisse pas de lui sembler un progrès ; elle sera *autre chose :* cela lui suffit.

Ferrante tue encore par sadisme. Il joue avec Inès comme le chat avec la souris. Il plaisante en lui présentant un homme qui a demandé sa mort. Il ne se livre que pour se reprendre (mouvement que nous avons déjà vu chez Costals), et pour en vouloir à qui il s'est livré. Et il s'aime d'être ainsi : « Plus je mesure ce qu'il y a d'injuste et d'atroce dans ce que je fais, plus je m'y enfonce, parce que plus je m'y plais. » Est-il besoin de rappeler, à ce propos, que le pli qu'ont les hommes de jouir de la souffrance des femmes est un pli invétéré, et que Costals, qu'on a dit démoniaque, est un personnage à l'eau de rose comparé à ce que sont nombre d'hommes dans la réalité ?

Enfin Ferrante tue par haine de la vie, lui qui va mourir : « Vous faites partie de toutes ces choses qui veulent continuer, continuer ! » ; par haine d'un nouvel enfant : « Un enfant ! encore un enfant ! Ce ne sera donc jamais fini ! »

De là on apprécie combien se trompent ceux qui voient dans le meurtre d'Inès un acte gratuit. Combien se trompent également ceux qui pensent que Ferrante tue pour « continuer » la Raison d'État, alors même qu'il n'y croit plus ; comment cela serait-il, puisqu'il reconnaît que le meurtre d'Inès, loin d'arranger les affaires de l'État, les envenimera ?

On entendait dire, le soir de la générale, qu'avec *La Reine morte* j'avais voulu écrire la contrepartie des *Jeunes Filles.* Les hommes, ici, sont deux coquins et un benêt ; tous trois en outre, à des degrés divers, lâches. Alors que, des deux femmes, l'une est grande par l'intelligence et l'autre par le cœur ; et les deux par le caractère. Que cela

---

1. Ferrante, ayant donné un ordre, refuse d'en donner d'autres, et dit lourdement : « J'ai assez décidé pour aujourd'hui. » Parole caractéristique : aboulie et neurasthénie.

ait été voulu ou non, on a assez envie de s'écrier : pitié pour les hommes !

La pièce est construite à la façon d'une fleur. Les deux premiers actes, dépouillés, d'une ligne extrêmement simple, qui ne supporte même aucune scène d'articulation, s'élancent droit comme une tige. L'entracte unique les isole du IIIe acte. Le IIIe acte, très différent de facture, s'épanouit en une ombelle abondante. Toute la pièce s'y élargit, s'y charge de sève et de sens, si bien que les autres actes, par comparaison, paraissent presque trop nus.

Tout autour de la ligne d'action dramatique (par où Ferrante en viendra-t-il à tuer Inès ?) s'ouvrent des abîmes. Ferrante « mange le morceau ». Il dit la vérité, sa vérité, ses vérités. C'est un terrible roi Lear ; mais il n'est pas couronné de fleurs de thym, il est couronné de ses vérités. Sa tragédie est celle de l'homme absent de lui-même, de l'homme qui ne croit plus à ce qu'il fait : notre tragédie à nous tous, ou presque tous, passé un certain âge. Selon la tradition des antiques dynastes, flanqués de leurs femmes sacrées, c'est à une femme qu'il se confesse. Puis il tue, et meurt. Il meurt d'une émotion, sans doute, mais peut-être aussi parce qu'il a dit ses vérités : il s'est vidé. Le destin le frappe où il frappa. Inès a fait un acte de confiance en lui, et il l'a trompée ; à son tour, mourant, il fait un acte de confiance en Dino del Moro, et celui-ci le trahit. Le roi « voyant », le roi qui « connaît tout cela », choisit entre tous, pauvre dupe (dupe comme demain Malatesta), pour être sa sauvegarde devant Dieu, le mauvais ange (« Que l'*innocence* de cet enfant me serve de sauvegarde »), traître à son roi vivant et traître à son roi mort[1]. « Le cadavre du roi reste seul. » La pièce, qui avait débuté par un long monologue torrentiel, s'achève par un grand silence, que traverse imperceptiblement le pas furtif d'un enfant coupable.

J'ai toujours arrêté mes pièces à temps. Je veux dire : avant l'acte final, celui que je n'ai pas osé écrire. Une fois seulement j'ai écrit cet acte final : *Demain il fera jour* est l'acte final de *Fils de personne*. Et, complété par lui, *Fils de*

---

1. Dans *La Reine morte* et dans *Fils de personne*, les enfants trahissent les adultes. Dans *La Ville*, les adultes trahissent les enfants.

personne devient tout d'un coup la plus profonde, la plus tragique et la plus mal comprise de mes pièces.

Dans l'acte final, non écrit, de *La Reine morte,* on verrait Ferrante, grand, faible, assassin, pitoyable, mais qui a toujours vécu « enveloppé de la main divine », s'élever vers le ciel, emportant dans ses bras sa victime, et la présenter à Dieu : *l'Assomption du Roi des rois.* Pas besoin de la « sauvegarde » du petit faisan Dino del Moro.

1954.

DU MÊME AUTEUR

PORT-ROYAL, *théâtre*.

BROCÉLIANDE, *théâtre*.

CARNETS (1930-1944).

LA MORT QUI FAIT LE TROTTOIR (Don Juan), *théâtre*.

ROMANS ET ŒUVRES DE FICTION NON THÉÂ-
TRALES.

LE CARDINAL D'ESPAGNE, *théâtre*.

LE CHAOS ET LA NUIT, *roman*.

ESSAIS.

LA GUERRE CIVILE, *théâtre*.

VA JOUER AVEC CETTE POUSSIÈRE (CARNETS 1958-
1964).

LA VILLE DONT LE PRINCE EST UN ENFANT, texte de
1967, *théâtre*.

LA ROSE DE SABLE, *roman*.

LE TREIZIÈME CÉSAR.

UN ASSASSIN EST MON MAÎTRE, *roman*.

LA MARÉE DU SOIR (CARNETS 1968-1971).

LA TRAGÉDIE SANS MASQUE, Notes de théâtre.

MAIS AIMONS-NOUS CEUX QUE NOUS AIMONS ?

LE FICHIER PARISIEN.

TOUS FEUX ÉTEINTS (CARNETS, 1965, 1966, 1967, CAR
NETS sans dates et 1972).

COUPS DE SOLEIL.

COLLECTION FOLIO

Impression S.E.P.C. à Saint-Amand (Cher),
le 2 août 1994.
Dépôt légal : août 1994.
1ᵉʳ dépôt légal dans la collection : janvier 1972.
Numéro d'imprimeur : 1845.
ISBN 2-07-036012-1./Imprimé en France.